Der Blick vom Turm
Fabeln von Günther Anders

Der Blick vom Turm

Fabeln von Günther Anders

Mit 12 Abbildungen
nach Lithographien von
A. Paul Weber

Verlag C. H. Beck München

ISBN 3 406 00336 2

3. Auflage. 1988
Einband von A. Paul Weber

Satz: C.H. Beck'sche Buchdruckerei Nördlingen
Druck: Pera-Druck München
Printed in Germany

Für Liesl

Der Blick vom Turm

Als Frau Glü von dem höchsten Aussichtsturme aus in die Tiefe hinabblickte, da tauchte unten auf der Straße, einem winzigen Spielzeug gleich, aber an der Farbe seines Mantels unzweideutig erkennbar, ihr Sohn auf; und in der nächsten Sekunde war dieses Spielzeug von einem gleichfalls spielzeugartigen Lastwagen überfahren und ausgelöscht – aber das Ganze war doch nur eben die Sache eines unwirklich kurzen Augenblickes gewesen, und was da stattgefunden hatte, das hatte doch nur zwischen Spielzeugen stattgefunden.

«Ich geh nicht hinunter!» schrie sie, sich dagegen sträubend, die Stufen hinabgeleitet zu werden, «ich geh nicht hinunter! Unten wäre ich verzweifelt!»

Der Löwe

Als die Mücke zum ersten Male den Löwen brüllen hörte, da sprach sie zur Henne: «Der summt aber komisch.»

«Summen ist gut», fand die Henne.

«Sondern?» fragte die Mücke.

«Er gackert», antwortete die Henne. «Aber *das* tut er allerdings komisch.»

Die Kanne

Der arm gewordene Basik besaß schließlich nur noch eine Kanne. Übrigens eine sehr gewöhnliche. Mit der er, da er keine Wohnung mehr besaß, spazieren ging.

«Was tust du mit der Kanne?» fragte ihn ein Bekannter.

«Ich habe sie», antwortete Basik.

«Wie bitte?» fragte der Bekannte, und er hielt die hohle Hand hinters Ohr.

«Soll ich sie vielleicht fortwerfen?»

Der Bekannte zuckte mit den Achseln. «Kannst du sie denn brauchen?»

«Aber ich *habe* sie doch», antwortete unwillig der Kannenmann. «Schließlich kann man nie wissen.»
«Hat sie einen Wert?» fragte der Bekannte.
«Natürlich.»
«Dann verkauf sie», schlug der Bekannte vor.
«Wer wird mir etwas geben für eine alte Kanne?»
«Also zum Waschen», schlug der Bekannte vor.
«Zum Waschen? Soll ich mich vielleicht hier auf offener Straße waschen?»
«Dann laß sie irgendwo stehen.»
Basik sah seinen Freund verständnislos an. «Soll ich mich verdächtig machen? Wo soll ich sie denn verlieren? Hier vielleicht? Auf der Straße? Ist das glaubhaft, daß einer eine Kanne verliert? Würde mich nicht jeder zurückrufen und mit Recht? Schließlich ist es ja wirklich noch eine Kanne.»
«Dann verschenk sie», schlug sein Freund vor. Er war unermüdlich.
«Was?» rief Basik, von neuem verblüfft, «verschenken? Ist eine Kanne ein Geschenk? Und dann: wer hätte keine Kanne?»
«Armer Mann!» schloß da der Freund. «Du wirst sie schon weitertragen müssen.»
«Das ist so schlimm nicht», fand Basik. «Aber sie? Über die Gott mich als Verwalter gesetzt hat. Was wird aus *ihr*, wenn einmal *ich* nicht mehr sein sollte?»

Der Kiesel

«Wie Sie das nur durchgehalten haben!» bewunderte ich ihn. «Diesen langen Weg zum Friedhof! Und ohne eine einzige Träne!»
«Ich hatte meiner Kraft nicht getraut», antwortete er bescheiden. «Und da ich es nicht liebe, öffentlich zu weinen, hatte ich mich vorbereitet.»
«Vorbereitet?»
Er nickte, als hätte er eine Schwäche einzugestehen. «Bevor wir loszogen, legte ich mir nämlich einen Kiesel in den Schuh.»
«Einen Kiesel?» rief ich. «Und mit dem Kiesel im Schuh sind Sie zwei Stunden lang gegangen?»
«Gottseidank», sagte er. «Es war wirklich eine große Erleichterung.» Und

da ich ihn argwöhnisch anblickte: «Ja, glauben Sie denn, Sie könnten Trauer spüren, wenn Sie sich bei jedem Schritt einen Stein in die Sohlen treten? Das Verdrießliche verdeckt das Furchtbare.»
«Aber nachher», warf ich ein, «beim Leichenmahl, da waren Sie doch beinahe heiter.»
«Richtig», sagte er entschuldigend. «Das hatte ich gleichfalls vorbereitet.»
«Das gleichfalls?»
Er nickte schuldbewußt. «Ehe wir uns zu Tisch setzten, entfernte ich heimlich den Kiesel.» Und meiner Frage zuvorkommend: «Ja, glauben Sie denn, Sie könnten Trauer spüren, wenn Ihr Fuß es genießt, sich zu erholen? Denn das Süße verdeckt das Furchtbare.»
Ich verstand ihn nun. Freilich ob ich ihn als zynisch verwerfen oder als weise bewundern sollte, das konnte ich nicht beurteilen. Unentschieden begleitete ich ihn bis zu seiner Haustüre.
«Nun aber», meinte er mit einer Stimme, die plötzlich heiser war, und er machte eine Geste, die mich fortwinkte, «nun aber fürchte ich, es ist so weit.» Und bog den Arm vors Gesicht und trat weinend ins Haustor.

Nie davon gehört

Als der gerade verstorbene Parmenides, der sich, solange er oben gewesen war, mit den Beweisen für die Nichtexistenz des Nichtseienden nicht hatte genug tun können, den Saal des Nichtseins betreten hatte, da blieb er vor der Türe, die er soeben hinter sich geschlossen hatte, erstaunt stehen. «Sie verzeihen», wandte er sich an einen der älteren Gäste, «könnten Sie mir vielleicht sagen, wohin diese Tür führt?»
«Aber gewiß», antwortete dieser entgegenkommend, «nur fürchte ich, Sie werden mit der Auskunft ebensowenig anfangen können wie wir alle.»
«Wohin also?»
«Ins Seiende.»
Parmenides war verblüfft trotz der Warnung. «Ins was?»
«Ich hatte es Ihnen ja gesagt», meinte der Fremde, «keiner von uns hat je davon gehört. Aber die Auskunft gilt als amtlich.»

Hoch die Kunst

Als der Dichter Tschai die Rezitation seines flammenden Gedichtes über den Weltenbrand mit dem prachtvollen Schrei «Feuer!» unterbrach, da erhob sich im Saale frenetischer Beifall. Und obwohl die Flamme die Vorhänge bereits erfaßt hatte, gab es niemanden im Publikum, dem es eingefallen wäre, daß es bei seltenen Gelegenheiten eben doch geschehen kann, daß Worte das meinen, was sie bezeichnen. So geschah es, daß die Liebhaber der Dichtkunst nicht nur den Dichter zu Tode applaudierten, sondern auch sich selbst.

Grundlage des Friedens

«Es gibt keine schlimmere metaphysische Naivität», sprach der Philosoph Yan, «als den bei uns eingewurzelten Glauben, daß das Universum seinen Zusammenhalt der gegenseitigen Sympathie seiner Teile verdanke. Wahr ist vielmehr, daß sie in tödlicher Angst voreinander leben, da jedes die Skandalgeschichte eines anderen kennt. Nicht auf Harmonie beruht der Zusammenhalt unserer Welt, sondern auf der gegenseitigen Erpressung der Teile. Und die sanfte Stille der Nacht ist nichts als die Versteinerung der Erpreßten. Nirgends steht es geschrieben, daß das Universum vom ersten Tage an stumm gewesen sei. Wenn es heute wirklich stumm ist, so deshalb, weil die Panik vor gegenseitiger Bloßstellung den Elementen ihren Mund versiegelt hat. Allein dieser gegenseitigen Erpressung verdankt unsere Welt ihren Frieden. Der Herr erhalte die Erpressung.»

Die Arbeitsteilung

Der Arzt Hippokrates war bereits hochberühmt, als er nach seiner Landung in Kos von der reichen Witwe des Kallimachos zu Gast geladen wurde. «Ich bin ja so stolz auf Sie, Herr Professor!» empfing sie ihn stürmisch.
«Seit wann?» fragte Hippokrates.

«Oh, schon seit Jahren!» antwortete sie begeistert.

Hippokrates, der sein Reisegepäck noch nicht abgestellt hatte, machte eine bedenkliche Miene. «Seit Jahren? Und wie äußert sich dieses Leiden?»

Frau Kallimachos lächelte schief. «Herr Professor belieben zu scherzen», meinte sie dann.

«Aber nicht im mindesten!» rief Hippokrates. «Nehmen Sie die Sache nur nicht zu leicht! Oder glauben Sie vielleicht, das sei ein gesunder Zustand, daß *ich* die Mühen meiner Arbeiten und meiner Seereisen habe, und *Sie* den Stolz darauf? Na, sehen Sie. Nur daß *diese* Art von Krankheit bedauerlicherweise nicht in mein Fach schlägt.» Und verabschiedete sich.

Kaum hatte Hippokrates sie verlassen, als auch Frau Kallimachos aus ihrer Wohnung schlüpfte und in die Küche ihrer Nachbarin hinüberlief. «Raten Sie», fragte sie atemlos, «raten Sie einmal, wer soeben meinem Hause die Ehre gegeben hat!»

Das vertagte Gefühl

Eines Morgens, als Archimedes über seinen Kreisen saß, erschien in seiner Tür ein Mann, den er sofort als den Sterbeboten aus seinem Heimatdorf erkannte. Und wirklich machte der Mann auch schon jene Geste, die der Ankündigung eines Sterbefalles damals vorauszugehen pflegte. Da aber Archimedes in seinem Heimatdorfe niemanden zurückgelassen hatte außer seinen hochbetagten Eltern, konnte es ihm keinen Augenblick lang zweifelhaft sein, daß einem von den beiden etwas zugestoßen sein mußte. «Setz dich», sprach er zu dem Boten, «und störe meine Kreise nicht», und kehrte ihm den Rücken, um sich seinem Problem von neuem zuzuwenden. Mittags aber ließ er dem Mann eine Mahlzeit vorsetzen und abends ebenfalls, und arbeitete weiter. Erst als er sein Problem gelöst und seine Geräte fortgeräumt hatte – und da war die Nacht bereits wieder eingebrochen – erst da wandte er sich um. «Also wem», fragte er, und nun mußte er sich dabei an der Tischkante festhalten, «also wem ist es zugestoßen?»

Kainz und das P. P. Publikum

«Und was sagen Sie zu Kainz als Othello?» fragte Frau P. P. ihren Tischnachbarn.
«Leider habe ich ihn in dieser Rolle nicht gesehen», antwortete der zurückhaltend.
«Aber als Egmont? Das war doch ein Erlebnis?»
«Schade» meinte der Tischnachbar. «Aber auch da kann ich nicht mitreden.»
Frau P. P. runzelte ihre Brauen. «Aber als Antonius – das war doch wirklich unvergeßlich?»
«Sie haben bedauerlicherweise wenig Glück mit mir», antwortete er.

«Was für einen Klotz», beklagte sich P. P. bei ihrem Gastgeber, «haben Sie mir da als Tischnachbar gegeben!»
«Wird denn», beklagte sich Kainz ebenfalls bei diesem, «das P. P. Publikum niemals begreifen, daß, wer auf der Bühne steht, nicht gleichzeitig im Saale sitzen kann?»

Der Charlatan der Wahrheit

Wie immer, wenn er in großer Gesellschaft war, sprach der Philosoph Z. viel und blendend, und es ist nicht zu bestreiten, daß seinen Worten, obwohl er selbst die Inkarnation der Eitelkeit war, die Wahrheit auf der Stirne geschrieben stand. Natürlich rückten ihm die Gäste, die so ungewöhnliche Kost nicht gewöhnt waren, auf den Leib, die Damen saßen mit offenen Mündern, und sogar die Herren fanden ihn aufs ungenierteste bedeutend. Daß ihn diese Wirkung irritierte, glaube ich ihm nicht, im Gegenteil, ich bin überzeugt davon, daß er diese Bewunderung absichtlich hervorrief, und daß er sie genoß. Gleichviel, er schien aufs tiefste betroffen. «Was ist eigentlich los?» fragte er, und er blickte forschend von Gesicht zu Gesicht, «worin sehen Sie eigentlich mein Verdienst? Und warum setzen Sie eigentlich voraus, daß die Wahrheit zu erkennen, schwieriger sein müsse, als eine Unwahrheit zu erfinden? Und eine Wahrheit zu verraten, langweiliger als eine Unwahrheit auszusprechen?» – Und da es natürlich

niemanden gab, der sich, obwohl Z. geduldig zu warten schien, traute, auf diese Scheinfrage zu antworten, machte er eine theatralische Geste der Bescheidenheit, die bedeutete: Na sehen Sie.

Wir hatten denselben Weg nach Hause. «Aussichtslos», klagte Z., «sich verständlich zu machen. In neunundneunzig von hundert Fällen halten sie einen, wenn man die Wahrheit spricht, für unhöflich. Im Restfall, wie heute, für bedeutend. Und wenn man dann versucht, diesen Irrtum aufzuklären, sogar für brillant.»

«Eine Schande!» brummte ich. Ich glaubte ihm kein Wort.

«Was?»

«Da lob ich mir noch die echten Sophisten», antwortete ich, «die ihr Geschäft mit Hilfe von Unwahrheiten in Gang halten. Die waren noch rechtschaffen. Aber so wie Sie die Wahrheiten so zu benutzen, als wären sie Unwahrheiten, nämlich um sich in Positur zu setzen, das ist der wahre Betrug.» Und verabschiedete mich.

Auch er

Unter den Gefesselten, die sich in Platos Höhle aufhielten, war auch ein Knabe gewesen, der, als er sich von Schatten einer Maus gebissen wähnte, in Panik seine Kette zerriß, die Stufen hinaufstürmte, und, oben zusammenbrechend, zum ersten Male die wirkliche Sonne über sich erblickte. Sehr ehrenhaft mag dieser Weg zur Wahrheit zwar nicht gewesen sein, aber was zählt, ist allein, ob einer ankommt oder nicht. Und angekommen ist auch er.

Fortschritt

In molussischen Spielzeugladen gab es weiße Puppen, die, in die Nachbarschaft schwarzer Puppen gebracht, automatisch zu höhnen begannen. Daß die schwarzen gratis mitgeliefert wurden, versteht sich. «Hast du auch so etwas gehabt?» fragte der Negerjunge, der das Spiel von seiner Mutter zum Geburtstag geschenkt erhalten hatte. – «Wo denkst du hin!» antwortete die Mutter. «Glaubst du vielleicht, meine Mutter hätte mir etwas schenken können? Und gar so was? Und die Technik sei damals schon so weit fortgeschritten gewesen?» Und waren stolz zusammen und begannen, auf dem Boden herumrutschend, zu spielen und zu lachen. Molussien aber lachte im Hintergrunde.

Dreckstück

«Dreckstück!» schmähte der Stiefel das Opfer, das er in den Dreck getreten hatte, und sein Hochglanz blitzte.

Die Eigenschaften

Der hohe Beamte G. war zu dem Prozeß, den der molussische Staat dem Ausland zuliebe gegen die Liquidatoren des baranischen Volkes angestrengt hatte, als Zeuge geladen worden. «Herr Zeuge», fragte der Staatsanwalt, einen Aufruf schwenkend, «haben Sie diese Aufforderung zur Liquidierung verfaßt oder nicht?»
«Eine derartig unspezifizierte Frage», antwortete G., «kann ich in meiner Eigenschaft als Jurist nicht beantworten.»
«So. Wollen Sie damit andeuten, daß ein Anderer den Text verfaßt habe?»
«Ich habe nichts dergleichen behauptet.»
«Also doch Sie.»
«Eben das ist es, was ich als ‹unspezifiziert› bezeichnen muß. Denn der Text, der hier zur Debatte steht, den hat dessen Autor damals ausschließlich in seiner Eigenschaft als Vizeregierungspräsident verfaßt. Die Folgerung, daß er persönlich damit einverstanden gewesen sei, ist reine Unterstellung. Diese muß ich mir verbitten. Identifiziert habe ich mich mit dem Text niemals.»
Dem Vorsitzenden schien das einzuleuchten.
«Sie würden also behaupten», fuhr der Anwalt fort, «Sie stehen mit sauberen Händen vor uns?»
Der Zeuge warf einen kurzen Blick auf seine manikürten Finger. «Wie Sie so etwas auch nur fragen können», meinte er kopfschüttelnd.
«Sie sprechen von Ihrer damaligen Eigenschaft und von Ihrer gegenwärtigen»,

fuhr der Anwalt fort. «Darf ich Sie vielleicht fragen, in wievielen Eigenschaften Sie existieren?»

Der Vorsitzende runzelte seine Brauen.

«Sonderbare Frage», fand der Zeuge. «Das ist natürlich in verschiedenen Zeiten ganz verschieden.»

«Und wie kommt das?»

«Weil das stets von der Zahl der Ämter abhängt, mit denen ich jeweils betraut bin.»

«Und mit alledem wollen Sie sagen, daß wir Sie wegen dieses Textes nicht zur Rechenschaft ziehen können?»

«Wenn Sie mit dieser Frage», antwortete der Zeuge, und er richtete sich in seiner ganzen Würde auf, «Flucht vor Verantwortung implizieren wollen, so kann ich Ihnen nur versichern, daß ich damals in meiner Eigenschaft als Vizeregierungspräsident jederzeit dazu bereit war, für diesen Text geradezustehen.»

«Ich verstehe», brummte der Staatsanwalt, «eine Eigenschaft – ein Wort. Und haben Sie etwas dagegen, nun auch uns in dieser Eigenschaft Rede zu stehen?»

«Heute in dieser Eigenschaft?» fragte der Zeuge, ehrlich erstaunt.

«Warum nicht?»

«Weil das nicht in meiner Macht liegt.»

«Und warum liegt das nicht in Ihrer Macht?»

G. begriff nicht, daß er nicht begriffen wurde. «Weil diese Eigenschaft», erklärte er schließlich, «mit dem Zusammenbruch des damaligen Regimes natürlich ebenfalls zusammengebrochen ist. Weil sie also garnicht mehr existiert. Was ich Ihnen heute zur Verfügung stellen kann, ist natürlich allein diejenige Eigenschaft, die ich heute vertrete. Also die des Oberpräsidialgouverneurs. In dieser Eigenschaft möchte ich Sie nun freilich höflichst darum ersuchen, mich nicht an Stelle einer anderen Person, gar einer nicht mehr existierenden, aufzuhalten.»

Der Vorsitzende warf dem Staatsanwalt einen vorwurfsvollen Blick zu.

Diesen Blick übersah der Staatsanwalt. «Glauben Sie nicht, Herr Oberpräsidialgouverneur,» fragte er statt dessen, «daß Sie mir in dieser Ihrer Eigenschaft Bescheid darüber geben könnten, ob es nicht neben den Eigenschaften, in denen Sie jeweils dies oder jenes tun oder getan haben, doch noch etwas anderes gibt?»

«Wie meinen Sie das?»

«Ob es nicht, abgesehen von Ihren Eigenschaften, vielleicht auch – *Sie selbst* gibt?»
Weder der Vorsitzende noch der Zeuge glaubten recht gehört zu haben.
«Jawohl: ‹Sie selbst› hatte ich gesagt.»
«Bedaure», antwortete da der Oberpräsidalgouverneur, und er schien nun sogar in seiner Würde gekränkt, «ich möchte sogar zu Protokoll geben, daß mich diese Frage, da sie niemals hätte gestellt werden dürfen, aufs tiefste befremdet. Auch Ihnen, Herr Staatsanwalt, dürfte es ja, und sogar schon in Ihrer Eigenschaft als Staatsbürger, bekannt sein, daß uns die Unantastbarkeit unserer Privatsphäre – und um diese handelt es sich ja, wenn Sie von meinen Eigenschaften absehen – von unserer neuen Regierung verbürgt worden ist, und sogar verfassungsmäßig. Die Tatsache, daß Sie in Ihrer Eigenschaft als Staatsanwalt trotzdem auf den Gedanken kommen können, diese Sphäre anzutasten, die erfüllt mich, offen gesagt, mit Besorgnis.»
Der Vorsitzende wurde unruhig.
«Und da auch ich schließlich Staatsbürger bin», fuhr der Zeuge fort, «fühle ich mich in dieser meiner Eigenschaft dazu verpflichtet, gegen den Versuch eines solchen Eingriffes Einspruch zu erheben.»
Das war dem Staatsanwalt zu viel. «Wissen Sie was?» rief er, «verboten müßten alle diese Eigenschaften werden!»
Nach diesem Ausbruch blieb der Gerichtssaal für einige Sekunden stumm.
«Herr Staatsanwalt», griff dann der Vorsitzende ein, «wenn Sie diese Ansicht in Ihrer Eigenschaft als Staatsanwalt geäußert haben, so wäre das bedauerlich.»
«Aber ich bitte Sie!» rief da der Staatsanwalt, «davon kann doch gar keine Rede sein!»
«Sondern?»
«Sondern ausschließlich in meiner Eigenschaft als Mensch!»
Da warf der Vorsitzende seine Hände in die Luft, so als hätte der Staatsanwalt mit diesem Wort das Ende der Justiz besiegelt. «Aber ich bitte Sie!» rief er nun. «Wie können Sie nur in Ihrer Eigenschaft als Staatsanwalt eine solche Antwort erteilen! Und dazu noch mir – in meiner Eigenschaft als Vorsitzendem!» – Den Zeugen aber entließ er.

Das Nachtgespräch

Da lag nun Pyrrho, und der Angstschweiß stand auf seiner Stirne, denn der Tod näherte sich ihm nun wirklich.
Ob er an dem Gespräch, das nun stattfand, selber noch teilnahm, oder ob er es nur mitanhörte, das hätte er nicht sagen können. Aber übersetzt in die Sprache der Wachenden, lautete das Gespräch also:
«Wie es ist, dazusein, das ist dir nach diesen fünfzig Jahren ja bekannt.»
«Gewiß», murmelte Pyrrho.
«Warum solltest du also das dir Bekannte jeden Tag noch einmal erlernen? Unter immer neuen Ängsten? Und unter immer neuen Mühen?»
«Ja, warum?» wiederholte Pyrrho.
«Denn was du an Neuem kennenlernen würdest, würde es nicht immer auf das Gleiche herauslaufen? Immer nur auf das, was du ohnehin schon gelernt hast? Immer nur auf das ‹So ist es also dazusein›?»
«Wie gut du Bescheid weißt!» antwortete da Pyrrho, und froh über dieses Einverständnis fiel er in den tiefsten Schlaf.

Als er aber am nächsten Morgen erwachte, da stand der Angstschweiß von neuem auf seiner Stirn. Denn von seinem Nachtgespräch wußte er nicht das mindeste mehr.

Das Telephon

I

Der arm gewordene B. besaß am Ende nur noch ein altes Telephon, das er auf seinen Wanderungen von Gasthof zu Gasthof mit sich herumschleppte. Dem Apparate fehlte zwar Kabel sowohl wie Hörrohr; aber da seine Kurbel sowohl wie sein Sprachrohr noch intakt waren, schien es K. völlig ausreichend. Wenn er am Abend einen Gasthof erreicht hatte, war es sein erstes, sein Telephon neben seinem Bette niederzustellen, in seinem Nummernbüchlein nachzublättern und (obwohl der Apparat auch in seinen besseren Tagen nur für Lokalgespräche gereicht hätte) Ferngespräche mit Planeten anzumelden, die niemals existiert hatten. Ob die Verbindung gelang oder nicht, konnte er, da sein Apparat ja nur aus seinem Mundstücke bestand, mit Sicherheit zwar niemals feststellen, aber das kümmerte ihn nur wenig: seine Meldungen gab er trotzdem durch, einmal längere, ein anderes Mal kürzere; und stets tat er das mit würdiger, zumeist sogar mit nüchterner, niemals jedenfalls mit pathetischer Stimme – was wahrhaftig erstaunlich war, wenn man bedenkt, welche immensen Entfernungen er seinen Meldungen zumutete. Und außer an jenen seltenen Abenden, an denen er gewissen Geräuschen im Apparat doch entnehmen zu können glaubte, daß die Verbindung nicht zustande gekommen war, fand er nach der Erfüllung seines Pensums stets seine Ruhe und seinen festen Schlaf.

II

«Du hast keine Verbindung herstellen können?» fragte ihn eines Nachts ein Freund teilnehmend.

«Wie sollte ich?» fragte B. zurück. «Recht geschieht mir! Warum habe ich auch das Kabel durchschnitten?»

«Was?» fragte der Freund perplex, «das weißt du also?»

«Ja, wo denkst du denn hin?» erwiderte B. und gab dem Frager einen traurig-komplizenhaften Blick. «Aber widerlegt vielleicht das durchschnittene Kabel die Existenz der Planeten?»

Der Freund schüttelte natürlich seinen Kopf. Aber B. zu fragen, ob das durchschnittene Kabel die Existenz der Planeten etwa beweise – das zurückzufragen, war der Freund viel zu tief verwirrt.

III

Als B. eines Winterabends ein einsames Gebirgsgasthaus erreicht hatte – er hielt das Sprachrohr bereits in seiner Rechten, und mit der Linken suchte er in seiner Tasche – da mußte er zu seinem Entsetzen feststellen, daß sein Telephonbüchlein auf der Wanderung abhanden gekommen war. Da er aber keine Nummer auswendig wußte, zögerte er keinen Augenblick lang und versuchte im Dunkel, seinen Weg zwischen den verschneiten Tannen zurückzufinden. Auch wenn er

eine Laterne gehabt hätte, wären seine Anstrengungen vergeblich gewesen. Es mußte unterdessen Neuschnee gefallen sein, denn er sank bei jedem Schritt ein, und wenn er hin und wieder in den Schnee hineingriff, so tat er das weniger aus Hoffnung als aus Pedanterie. Am frühen Morgen saß er naß und erschöpft auf einem Baumstumpf mitten in einer verschneiten Lichtung, und hatte, obwohl ihn nur eine geringe Strecke von seinem Gasthaus trennte, die Richtung verloren. «Vielleicht», sprach er schließlich, wiederum mehr aus Pedanterie als aus Hoffnung, «vielleicht wird mir diese oder jene Nummer wieder einfallen, wenn ich mir ein Telephonbüchlein selbst herzustellen versuche.» Und zog mit nassen Fingern alte Quittungen und Hausordnungen aus den Taschen, und begann, diese mit kalligraphischen Ziffern zu bedecken. Kaum aber hatte er damit begonnen, da ergriff es ihn wie ein Fieber. «Irgend etwas», sprach er, «irgend etwas scheint plausibel in diesen Ziffern.» Und als er die erste Seite überlas, erschrak er, denn ihnen allen stand die Wahrheit auf der Stirne geschrieben. Und vergaß sein Telephon, das er im Gasthaus hatte stehen lassen, und hatte seinen Beruf gefunden: seinen kalligraphischen Beruf, dem er nun jeden Abend, und jeden Abend in einem anderen Gasthause, oblag.
Daß er nach einigen Monaten sogar damit begann, ganz unübliche Telephonnummern zu erfinden, zweistellige, ja einstellige; aber auch Zahlenzüge, die die ganze Seitenbreite einnahmen, das ist wenig verwunderlich. «Irgendeinem fernen Stern», sagte er sich nämlich und nicht ganz ohne Logik, «irgendeinem Sterne muß schließlich jede dieser Nummern zukommen. Welche Verbindungen ich da herstelle! Gar nicht auszudenken!» Und schrieb und schrieb, noch schnörkelnd, aber schon unleserlich, und wußte sich reicher als je, denn zuvor hatte er nur eine Handvoll von himmlischen Beziehungen besessen, nun aber Beziehungen wie Sand am Meer. Und bald schrieb er seine neuen Ziffern bereits über die alten, denn die ständige nächtliche Arbeit hatte ihn beinahe blind gemacht. Er aber ahnte das nicht und glaubte sich, wenn er über seinem Werke saß, umgeben von Millionen freundlicher Sonnen und Milchstraßen. Und starb über ihm als glücklicher Mann.
Sein Freund aber, der die Zettel und Wische im Rucksack des Verstorbenen fand, geriet über dem unentzifferbaren Netzwerk der übereinandergeschriebenen Ziffern in solche Panik, daß er überzeugt davon war, daß die riesigen Planeten, die niemals gewesen waren, voll und drohend über seinem Scheitel hingen.

Das Mikroskop

Als der Bakteriologe R., der alles außer seinem Verstande, seiner Freundlichkeit und seinem Mikroskop beim Schiffbruch verloren hatte, nach Molussien verschlagen wurde, war die Aufklärung im Lande bereits so weit vorgeschritten, daß seine Einwohner sich auf nichts als auf ihre Augen verließen. Zwar litten sie alle an einer geheimen Krankheit. Da sie aber mit unbewaffnetem Auge die Ursachen ihres Leidens nicht erkennen konnten, kamen sie nicht auf den Gedanken, ihre Krankheit als Krankheit anzuerkennen. Dr. R., der sich bald ansteckte, war der einzige Kranke, der wußte, daß er krank war.

Mit Hilfe seines Mikroskops diagnostizierte er sein Leiden sehr bald als eine schwere Infektion, und nach Kurzem entdeckte er auch in gewissen, vielgegessenen Früchten Bazillen, die er nie zuvor gesehen hatte, und die gleichen Bazillen in seinem eigenen Blute. Er zögerte nicht, seine Entdeckung zu veröffentlichen. Da er aber seiner Veröffentlichung Reproduktionen mikroskopischer Aufnahmen beifügte, behaupteten die molussischen Wissenschaftler, denen ein Mikroskop niemals vor Augen gekommen war, er mache sich ein völlig entstelltes Bild von ihren Früchten. Seine Behauptung, die Reproduktion sei eine Abbildung seines Blutes, erklärten sie für eine Zumutung. Kein Wunder, daß sie ihn zur Behandlung von Kranken nicht zuließen, und daß er sich auf bloße Beschreibung der Bazillen beschränken mußte.

Dagegen rief R.'s ungewöhnlicher Aufsatz in Kreisen, die er niemals im Sinne gehabt hatte, das größte Aufsehen hervor. Abgebrühte Literaten, die nicht auf die Idee kamen, daß ein Mensch meinen könne, was er sagt, lobten seine Darstellung als eine neuartige und zeitgemäße Nuance von Unsentimentalität und die innere Konsequenz seiner Darstellung, die nichts als Widerschein der Wahrheit war, als Zeugnis einer nie zuvor gekannten logischen Phantasie. Aber die Gecken waren nicht die einzigen, die Notiz von ihm nahmen. Gewisse reaktionäre Zirkel, die im Siegeszug der molussischen Aufklärung und in der plebejischen Ableugnung des Geistesbegriffes eine Gefahr für Molussien erblickten, begrüßten in Dr. R.'s Krankheitserregern die schon beinahe aufgegebenen ‹Geister›; und als Dr. R. davor warnte, die von ihm als Keimträger verdächtigten Früchte zu genießen, fühlten sie sich bestätigt, so als hätte R. ihrem schon für unrettbar verloren gehaltenen Tabuismus neue Lebenskraft eingepumpt. Sie priesen Dr. R. um so lebhafter, als sie durch Anerkennung seiner Leistungen beweisen konnten, wie haltlos der ihnen gewöhnlich gemachte Vorwurf war, modernen Erscheinungen gegenüber unaufgeschlossen zu bleiben. Ihre Anteilnahme ging bald so weit, daß sie sich in ihren Zeitschriften darüber zu streiten begannen, welcher ihrer zahllosen Sekten sie den ahnungslosen Dr. R. zuzuzählen hätten.

Es ist begreiflich, daß Greenhorns, die in einem fremden Lande und in einer fremden Sprache gelobt werden, solche Anerkennung nicht abwehren. Das ist um so begreiflicher, als sie ja kaum dazu in der Lage sind, abzuschätzen, welche Rolle die sie anerkennenden Personen oder Gruppen in seinem Gastlande spielen. Dazu kommt im Falle des außerordentlich taktvollen Dr. R., daß es ihm unhöflich schien, anderen zu mißtrauen. Kein Wunder also, daß er sowohl die Lobhymnen der Avantgardisten wie die der Dunkelmänner für bare Münze nahm, mindestens dankbar akzeptierte. Was zur Folge hatte, daß zuweilen sogar die Vertreter der zwei Gruppen, die nie zuvor daran gedacht hätten, einander zu grüßen, geschweige denn die Gelegenheit gehabt hatten, gesellschaftlich miteinander zu verkehren, in seinem Laboratorium zusammentrafen und sogar ins Gespräch gerieten. Ob Dr. R. fähig war, die Vertreter der zwei antipodischen Gruppen auseinander zu halten und deren Vokabular oder gar deren Anspielungen zu durchschauen, ist unbekannt. Fest steht dagegen, daß er zum verehrten Mittelpunkt einer Diskussion wurde, an der er selbst nicht teilnahm, obwohl sie ihn und nur ihn zum Gegenstande hatte. Zumeist blickte er seine Gäste auch gar nicht an. Vielmehr saß er, über sein Mikroskop gebeugt, in ihrer Mitte und beschrieb ihnen das Leben und Treiben, das er beobachtete – und das genügte nicht nur ihm, sondern auch ihnen, denn zum Diskutieren und Streiten benötigten sie ihn nicht.

Mit der molussischen Bevölkerung, die nichts von ihm wußte, kam Dr. R. freilich so gut wie niemals in Berührung. Dennoch erkannte er, als ein von Natur aus bescheidener Mann, die Millioneneinwohnerschaft der Stadt als das einzig Gültige und das einzig Wirkliche an. Ja, seine Vorliebe für seine eigene Unscheinbarkeit ging nach einer Weile soweit, daß er seine Tätigkeit bald selbst als etwas Schrulliges und beinahe Verbotenes auffaßte. Daß er kurz nach seiner Ankunft in Molussien daran gedacht hatte, die Bazillen zu bekämpfen, oder gar auszurotten, das hatte er also bald vergessen. Wenn er unter seinem Mikroskop das unermüdliche Gewimmel der Tierchen beobachtete, stieg in ihm ein freundliches, ja zärtliches Gefühl auf; und die Bewegungen dieser seiner Haustierchen waren ihm vertrauter als die Bewegungen des Menschengewimmels auf der Straße. Immer wieder fand er neue Spezies von Bazillen und immer wieder neue Bewegungstypen; und er hätte sein Beschreibungswerk noch Jahrzehnte fortsetzen können, wenn der Tod ihm nicht einen Strich durch die Arbeit gemacht hätte.

Daß sein Instrument in einer Kapelle aufgestellt wurde, zwischen uralten Ritualgeräten; und daß die Wachstropfen der ewigen Kerzen die Linse des Mikroskops mit einer stumpfen und immer dicker werdenden Schicht zudeckten, ist gewiß bedauerlich. Aber das Buch seiner Forschungen wird einmal in die rechten Hände fallen. Und wenn vernünftiger gewordene Molussier den krummen Gang dieser Geschichte zurechtgebogen haben werden, dann wird Dr. R. einer der Unseren geworden sein.

Der Betrug

«Nun ist es soweit», sprach die Zweitgeborene, die Strafe. «Die Welt ist gemacht, die Tiere grasen, der Mensch wartet. Schick mich hinunter.»

«Wer von euch beiden bist du?» fragte der Schöpfergott Zao, denn er war schon blind.

Die Strafe verstellte ihre Stimme und schrie: «Ich bin die Schuld!»

«Gut», sprach er. «Die Erste geht als erste.» Und schickte sie hinunter zur Erde. –

Als die Strafe, über Berg und Tal schwebend, den arglos seines Weges dahinziehenden Menschen erspäht hatte, da stürzte sie sich hinunter wie ein Geier auf sein Opfer und flog, beinahe am Boden entlangschleifend, mit großen Flügelschlägen hinter ihm her. Und der Mensch erschrak vom Winde in seinem Nacken und bog in einen anderen Weg ein. Da er aber spürte, daß ihm das Flügelrauschen im Nacken blieb und, wohin er sich auch wandte, nur immer rauschender wurde, da geriet er in Panik und begann zu laufen, und wer ihm im Weg stand oder gar ihm den Weg vertrat, den schlug er nieder. Als er zusammenbrach, waren seine Hände blutig.

«Laß mich hinunter!» schrie da die Erstgeborene, die Schuld, die das Unheil von oben aus beobachtet hatte.
«Welche von euch Zweien bist du?» fragte Zao tief erschrocken.
«Die Erste», antwortete sie weinend, «die Schuld. Warum hast du die Strafe als Erste hinuntergeschickt?»
Da schlug der Vater die Hände über seinem Haupte zusammen, denn er erkannte, daß er von der Strafe betrogen worden war.
Die Schuld aber flog hinunter, um zuzusehen, was sich noch gutmachen ließe, und ihr Vater hinderte sie nicht. Denn nun war ihm alles schon einerlei.
Seit diesem Tage sagt man in Molussien: «Die Schuld folgt der Strafe auf dem Fuße.»

Manche molussischen Theologen behaupten allerdings, daß die Schuld ihrem Vater später schamlos ins Gesicht gesagt habe, *er* sei es gewesen, der ihrer Schwester die Lust auf den Betrug in die Seele gelegt hätte; sein nachträgliches Verzweifeln habe er nur gemimt; und daß indirekt der Gott diesen Vorwurf sogar bestätigt habe, denn er habe seiner Erstgeborenen geantwortet: «Worüber beklagst du dich eigentlich, Schuld? Wie hättest du denn jemals zu einem Schuldigen kommen können ohne sie? Geh in dich, Schuld! Denn was ich getan habe, das habe ich für dich getan.» So habe der Gott Zao gesprochen, und die Schuld habe ihre Schuld eingesehen und sich daraufhin bei ihm entschuldigt und ihm sogar für die Weisheit seines Betruges gedankt. – Und da sich die Schuld, wie bekannt ist, bald mit ihrer Schwester ausgesöhnt und mit dieser zusammenzuarbeiten begonnen hat, spricht in der Tat vieles dafür, daß diese Version wahr ist.
Heute leben die Zwei jedenfalls in der schönsten Eintracht. Daß sie einst betrügerisch als erste zur Erde hinuntergeflogen, das hat die Strafe längst schon vergessen; und die Schuld scheint sich an diese Kränkung ebensowenig zu erinnern. Ehrerbietig nennt die Strafe ihre Schwester die Erstgeborene, gerne läßt die Schuld ihrer Schwester das letzte Wort. Und lebte ihr Vater noch, er könnte voll Stolz und voll Rührung hinunterblicken auf seine zwei Hand in Hand dahinschwebenden und in geschwisterlicher Liebe nach gemeinsamen Opfern ausspähenden Töchter.

Der Unfähige

«Wollen Sie nicht unser Blatt mit Ihrer gelegentlichen Mitarbeit beehren?» fragte der Redakteur des Morgenechos von Elea, als er Zeno, den griechischen Philosophen, in einer Weinschenke traf.
«Wo denken Sie hin!» wehrte der Alte bescheiden ab, «solche Mühe! Und bei meinem Alter!»
«Alter!» rief da der Redakteur verächtlich, «bei Ihrer Frische! Und Mühe! Welche Mühe denn? Bei dem bißchen Geschreibe!»
Zeno spielte weiter den Bescheidenen. «Ja, glauben Sie denn wirklich», fragte er, «so wenig zu wissen, wie man wissen muß, um bei Ihnen zu schreiben; und so wenig Maßstäbe zu haben, wie man haben muß, um in Ihrem Blatte eine Dichtung zu kritisieren; und so wenig Skrupel zu kennen, wie man bei Ihnen kennen muß, um einem Mitbürger die Ehre abzuschneiden – ja glauben Sie denn wirklich, das alles ließe sich aus dem Ärmel schütteln?»
«Aber ich bitte Sie!» rief da der Redakteur, der allein den Ton der Bescheidenheit gehört, das Gesprochene dagegen überhaupt nicht aufgefaßt hatte, «bei Ihren Fähigkeiten! Und im Notfall könnte man ja Ihre Beiträge auch ein wenig bearbeiten.»
«Sehr entgegenkommend», meinte Zeno, «Sie verwirren mich geradezu. Aber Sie überschätzen mich noch immer. Meine Beiträge wären nämlich noch nicht einmal bearbeitbar. Warum wollen Sie es mir denn nicht glauben, Herr Redakteur: Für Sie kann ich wirklich bei weitem nicht wenig genug.» – Sprach's und wechselte den Tisch.

Die Stille

«Ist das wahr?» rief das Kind, als die Mutter das Radio endlich abgeschaltet hatte und im Begriff stand, das Kinderzimmer zu verlassen.
«Was?»
«Daß ihr kein Radio gehabt habt als du klein warst?»
«Natürlich nicht.»
«Und wie Stille hergestellt wird, das habt ihr überhaupt nicht gewußt?»

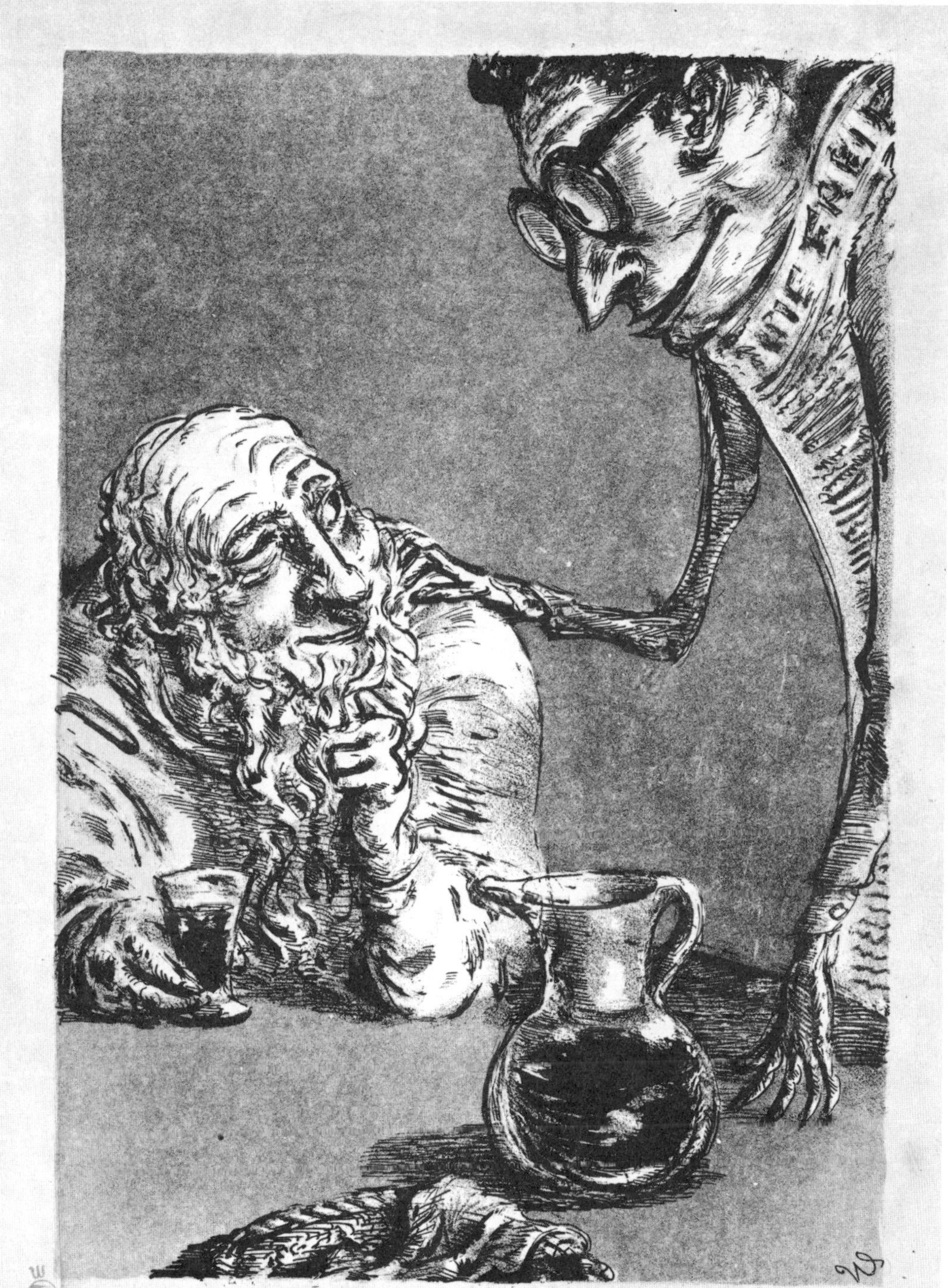

Of all People

«Wollen Sie *der* hier sein?» fragte mich der Verkäufer. Er hatte einen der zahllosen dort hängenden Mäntel von der Stange gehoben.

Ich glaubte, falsch gehört zu haben. «*Sein?*» wiederholte ich. «*Haben* meinen Sie wohl?»

«*Sein* habe ich gesagt.» Seine Stimme klang zugleich beiläufig und unwidersprechbar.

«Ausgerechnet der da?» fragte ich bebend.

«Der werden Sie aber sein.»

«Tun Sie mir das nicht an!» schrie ich da. «Das ist doch unmöglich!»

«Kennen wir», meinte er verächtlich. «Das sagt jeder von euch. Ehe sie getroffen ist, nennt ihr jede unserer Entscheidungen ‹unmöglich›.» Und dann: «Welches meiner Stücke wären Sie denn lieber?»

«Natürlich keines!» rief ich leidenschaftlich. «Kein bestimmtes!»

«Das möcht' Ihnen so passen!» rief er da, als hätte ich einen großartigen Witz gemacht. «Sie sind mir ja ein ganz Schlauer!»

Schlau war ich nie zuvor genannt worden.

«*Sein* zu wollen», schrie er, und er schlug auf seinen Schenkel, «ohne ein Bestimmter sein zu wollen!» Er beruhigte sich nur langsam. «Außer . . .»

«Außer was?» fragte ich gierig.

Die Bewegung seiner Arme schien zu besagen, daß er ein gewisses, wenn auch nicht gerade empfehlenswertes, Alternativangebot doch machen könne.

«Außer was?»

«Außer, Sie wären bereit, völlig zu verzichten. Sie zögen es vor, überhaupt nicht dazusein. Das läßt sich natürlich fast immer arrangieren.»

Da hielt ich meinen Mund.

«Sehen Sie», meinte er daraufhin mit der nachsichtigen Stimme eines Verkäufers, der keinen Moment lang daran gezweifelt hatte, daß er das, was er losschlagen möchte, seinem wehrlosen Kunden am Ende doch noch andrehen würde. «Die anderen Stücke kämen für Sie nämlich wirklich nicht in Betracht. Und dieses hier zu sein, ist unter allen Umständen besser, als niemals dagewesen zu sein. Eintauschen können Sie das Stück später zwar nicht mehr, bedaure, aber es zurückzugeben, das steht Ihnen natürlich jederzeit frei.» So sprach er,

während er einen ungewöhnlich scharf zugespitzten Bleistift zückte, mit dem er nun die Schriftzüge auf dem eingenähten Etikett nachzog – ein Geräusch, das mir durch Mark und Bein ging.
«Erkennen Sie dieses Datum?» fragte er.
Es war das Datum meiner Geburt.
«Und diesen Platz?»
Es war meine Geburtsstadt.
«Und diesen Namen?»
«Ja, ja, ja!» schrie ich da, während er mich in den Mantel hineinstieß. Und seitdem *bin* ich dieser Mantel.

Das Ende

Man hatte dem molussischen Grundbesitzer Go erklärt, daß die Entwicklung der molussischen Waffenproduktion den Untergang Aller würde herbeiführen können. «Was?» rief Go da fassungslos, und er breitete seine Arme aus, so als wollte er den Stadtteil, dessen Eigentümer er war, mit Wohnhäusern, Fabriken und Brücken an seine Brust pressen, «und wem soll das alles dann gehören?»
«Niemandem», antwortete man ihm.
Da verstummte Go.
«Nun?» fragte man ihn.
«Das wäre in der Tat das Ende», gab er flüsternd zu.

Der betrogene Philosoph

Eines Tages entdeckte der molussische Schöpfergott Bamba einen philosophierenden Einsiedler. «Was tust du da eigentlich?» fragte er.
«Ich philosophiere», antwortete der Einsiedler.
«Und was tust du so, wenn du philosophierst?» fragte Bamba.
«Na», antwortete der Einsiedler, «zum Beispiel scheide ich Wesentliches von Unwesentlichem.»

«Das was von was?»
«Das Wesentliche», wiederholte der Einsiedler nicht ohne Berufsstolz, «vom Unwesentlichen.»
«Habe ich also doch richtig gehört!» rief da Bamba. «Wie sonderbar! Denn die Wörter ‹wesentlich› und ‹unwesentlich› sind mir beinahe unbekannt. Und ich kann mich nicht daran erinnern, Unwesentliches erschaffen zu haben. Wozu hätte ich denn das auch tun sollen? Sondern nur Seiendes.»
«Ist das wahr?» fragte der Eremit, der sich nun plötzlich zu ängstigen begann. «Denn gerade durch die Grenzziehung zwischen Wesentlichem und Unwesentlichem hatte ich gedacht, den Dingen auf den Grund zu kommen.»
«Den Dingen auf was zu kommen?» fragte Bamba.
«Auf den Grund», wiederholte der Einsiedler schon erheblich unsicherer.
«Hatte ich also doch richtig gehört», meinte Bamba. «Und warum wünschtest du das? Ich könnte mich nämlich nicht daran erinnern, einen sogenannten ‹Grund› erschaffen zu haben. Wozu hätte ich denn das auch tun sollen? Sondern nur Seiendes.»
Da fühlte der Eremit den Boden unter seinen Füßen nachgeben. «Und da hatte ich geglaubt», meinte er stimmlos, «gerade dadurch würde mein Philosophieren zum wahren Philosophieren werden.» Und nach einer Pause: «Worüber soll ich denn nun philosophieren?»
«Wo steht, du sollst?» fragte Bamba. «Ich wüßte mich nicht zu entsinnen, irgendein Philosophieren geschaffen zu haben. Oder irgendeine Pflicht zu philosophieren. Solltest du nicht vielleicht die Wichtigkeit deiner Tätigkeit ein wenig übertreiben?» Und er zuckte mit den Achseln und ließ den Eremiten stehen.

Die Sitte

Der alte Bastler Li hatte schon als junger Mann ein, in allen Richtungen hin und her laufendes, Drahtnetz durch sein Zimmer gespannt, um Experimente durchzuführen, deren Natur und Bewandtnis er längst schon vergessen hatte; und im Verlaufe der Jahrzehnte sein Vergnügen daran gefunden, sein Netz immer dichter zu machen. Ohne Schwierigkeiten schlupfte und sprang der Alte zwischen den Drähten herum, nein er behauptete sogar, für ihn seien diese eher

Straßen als Behinderungen, auf jeden Fall aber hätten sie seine Glieder geschmeidig gehalten. Es war in der Tat erstaunlich, mit welcher Grazie und Souveränität ein Mann seines Alters sich in einem so unentwirrbaren System zu bewegen verstand, im Laufe der dreißig Jahre hatte er sich nur dreimal, und jedesmal nur oberflächlich, im Gesicht, an der Hand, und am Schienbein geschürft.

Frau Li hatte dem allmählichen Dichterwerden des Netzes stumm zugesehen. Aber ihr Ärger und ihre Eifersucht waren doch im Laufe der Jahre so angeschwollen, daß sie, als Geschäfte Herrn Li zum ersten Male für mehrere Wochen fortriefen, der Versuchung nicht widerstehen konnte und eines Morgens mit einer schweren Gartenschere das Drahtgestrüpp ganz und gar ausrottete.

Als Herr Li nach mehreren Tagen am späten Abend arglos nach Hause zurückkehrte, hatte er seine Drähte durchaus nicht vergessen. Im Gegenteil, der Gedanke an sie erfüllte ihn mit Vorfreude. Zwar hatte er auch in den Gasthofzimmern von seiner Sitte nicht ganz ablassen können, auch in diesen war er so gegangen, so geschlüpft und so gesprungen, wie die heimatlichen Drähte es verlangt hätten – aber das Wahre war dieses Als-ob doch nicht gewesen. Schließlich hatte er zuhause die Drähte der Länge, Breite und Höhe, den Zimmerwinkeln, der Abschrägung des Daches, kurz: dem ganzen Zimmer so vollkommen angemessen, daß Zimmer und Drähte Eines waren, mindestens im Laufe der Jahre Eines geworden waren; hier aber, in den fremden Zimmern, paßten sie nicht: sie ließen Lücken, wenn die Zimmer zu geräumig waren, kamen nicht aus, wenn die Zimmer zu eng waren, hätten sich durch das Dach hindurch weiter ziehen müssen, wenn die Zimmer zu niedrig waren – kurz: es war eine Qual gewesen, die gewohnten Wendungen, Schritte und Sprünge wirklich skrupelhaft durchzuführen, die Räume waren diesen nicht entgegengekommen: Sprang Li richtig, so konnte es ihm passieren, daß er an der falschen Stelle im Raume landete, sprang er falsch, daß er auf dem gewünschten Fleck ankam. Es war also eine ständige Marter gewesen, dieses Leben in der falschen Welt, und zuweilen hatte es Herrn Li sogar, freilich nur für Sekunden, gejuckt, seinen Wirtsleuten ähnlich (‹barbarisch› hatte er es im Stillen genannt) die Räume ohne Bahn, ohne Wegweiser, ohne Sitten, zu durchkreuzen – wenn es natürlich auch gar nicht in Betracht kam, dieser Versuchung nachzugeben: denn Herr Li hielt etwas auf sich, und (das wußte er selber) dieser Beliebigkeit wäre er auch garnicht fähig gewesen. –

Daß ihm, als er nun schließlich wieder vor seiner heimatlichen Zimmertüre stand, das Herz bis hoch in den Hals hinauf klopfte, ist also wenig verwunderlich. Licht zu machen, hatte er nicht die geringste Ursache; ja, er hätte sich damit um den langersehnten Genuß beinahe völlig betrogen. Sicher und behutsam schob er sich zwischen zwei Drähten hindurch (deren Abwesenheit im Dunkel nicht zu erkennen war), überstieg einen dritten Draht (der gleichfalls schon nicht mehr existierte), und machte von dort, wie jeden Abend, einen Hechtsprung nach vorne, um das starke Metallseil zu erreichen, mit dessen Hilfe er gewohnt war, sich über ein besonders engmaschiges Gebiet des Drahtdickichts hinüberzuschwingen: Er griff ins Leere, schlug mit Knie, Brust und Kinn auf die Fliesen und blieb für tot liegen.
Die Ärzte behaupteten, hilflos zu sein, denn es sei ein Genickbruch. Er selbst aber versicherte, während er sich seinem Ende entgegenquälte, er stürbe daran, daß seine Frau (wie er sich ausdrückte) «ungeniert durch die Drähte hindurchginge». Und wirklich suchte er noch in seiner letzten Stunde, mit kläglichen und ganz vergeblichen Gesten, Frau Li und die Ärzte davon abzuhalten, sein System zu durchkreuzen.

Der Dolch

Als Kunstmann die Filigranarbeit an seinem Dolch beendet hatte – und seine Finger waren zerschnitten von der monatelangen Metallarbeit – da machte er sich auf den Weg, um Herrn Burger zu erstechen. Frisch sprang er die drei Treppen hinauf und klingelte.
Ein rotbackiger Herr öffnete. «Hausierer über die Hintertreppe bitte!» sagte er nachsichtig und wollte die Tür wieder schließen. Kunstmann aber hatte seinen Fuß bereits zwischen Tür und Schwelle geschoben und warf, ehe Herr Burger noch wußte, worum es ging, den Dolch wie ein Varieté-Künstler in die Luft: die Waffe stieg in die Höhe, hart vorbei an Herrn Burgers Schläfe, stand einen Augenblick blitzend in der Luft, beschrieb, um sich selbst wirbelnd, eine elegante Arabeske und schlug schließlich, nachdem sie noch einmal an Herrn Burgers Schläfe vorbeigesaust war, in Kunstmanns wartende Rechte.
Herr Burger hatte, um eine Spur bleicher, die Flugbahn des Dolches verfolgt. «Gar nicht so übel», meinte er, als der Dolch in Kunstmanns Hand gelandet

war. «Das nenn ich mir ein Kunststück! Für einen Augenblick haben Sie mir wirklichen Schrecken eingejagt.»

«Zu diesem Zweck bin ich gekommen», sagte Kunstmann ominös. «Und wie er zurückkehrte, der Dolch!»

Herr Burger schüttelte seinen Kopf. «Aber ich bitte Sie. Warum denn so bescheiden? Ich schwöre, er kehrt immer zurück.»

«Das ist eben die Kunst», meinte Kunstmann zu seiner eigenen Überraschung.

«Kunst ist Kunst und bleibt Kunst», bestätigte Herr Burger, und jovial griff er in seine Kleingeldtasche. «Und Sie verletzen sich dabei niemals?»

«Mich?» Kunstmann schüttelte seinen Kopf.

«Und was bedeutet das eingelegte Tropfenmotiv?» fragte Herr Burger, der sich sein Pince-nez aufgesetzt hatte und vorsichtig über den Griff fuhr.

«Ursprünglich», meinte Kunstmann zögernd, «ursprünglich gewissermaßen Ihr Blut.»

«Was Sie nicht sagen», meinte Herr Burger, ohne aufzusehen. «Ursprünglich klingt beruhigend.»

«Und natürlich nur ‹gewissermaßen›», ergänzte Kunstmann. Herrn Burgers Interesse schmeichelte ihm. «Derartiges ist immer nur ‹gewissermaßen›. Wozu wäre ich denn Künstler?»

«Ja, wozu», murmelte Herr Burger. – «Aber Scherz beiseite», sprach er dann deutlicher; und plötzlich aufblickend: «Es wirkt wie richtiges Blut. Woraus haben Sie denn das gemacht?»

«Aus meinem Herzblut natürlich.»

Schwer zu sagen, warum diese Antwort Herrn Burger so befriedigte. Aber er zog seine Hand aus der Kleingeldtasche und gab Kunstmann einen guten Puff in die Rippen. «Darf ich?» fragte er dann, und ehe Kunstmann sich versah, hatte Herr Burger den Dolch in seiner Linken und fuhr mit dem angefeuchteten Daumen über die Schneide.

«Schön scharf, nicht?» fragte Kunstmann mit beinahe schon bittendem Blick.

«Wie man's nimmt», meinte Herr Burger. «Sie halten die Schönheit für scharf. Und ich halte die Schärfe für schön. Aber diese Kleinigkeit soll nicht zwischen uns stehen.» Während er das sagte, nahm er den Dolch zwischen seine Zähne, begann zu strahlen, als schmecke ihm das Metall, griff nach seiner Brieftasche und drückte Kunstmann zwei Scheine in die Hand. «Zehn für diesen», erklärte er, «und fünf als Anzahlung für den nächsten.» Und schloß die Türe.

Der gewissenhafte Nihilist

«Du weißt wirklich nicht, was gut und böse ist?» fragte der molussische Priester den notorischen Nihilisten N. «Hörst denn nicht auch du zuweilen den Ruf des Gewissens?»

«Zuweilen?» fragte N. erstaunt.

Der Bamba-Priester nickte.

«Ständig sogar . . . Nur . . .»

«Was nur?»

«Daß ich dafür viel zu gewissenhaft bin.»

«Zu gewissenhaft wofür?»

«Um diesem Rufe so mir nichts dir nichts zu trauen.»

«Zu gewissenhaft, um dem Ruf deines Gewissens zu trauen?»

N. nickte. «Wenn man miterlebt hat, was ich miterlebt habe; wenn man weiß, welche Gemeinheiten das Gewissen zuweilen anordnet, und welche Niedertrachten es zuweilen zuläßt, dann wird man skeptisch. Ich *hab* es schon, euer Gewissen. Nur weiß ich nicht, ob es *meines* ist.»

«Ob es *deines* ist? Wessen soll es denn sein? Steigt denn die Stimme nicht aus deiner Tiefe?»

«Das schon», gab N. zu. «Aber was beweist das?»

«Alles», sprach der Priester.

«Wäre es denn nicht möglich, daß jemand sie mir in die Tiefe gelegt hat? Damit sie aus meiner Tiefe aufsteigen könne? Weil er es sich ersparen will, mir seine Befehle direkt zu erteilen? Und weil er weiß, daß er auf meinen Gehorsam besser vertrauen kann, wenn ich glaube, meiner eigenen Stimme zu gehorchen? Daß es seine Stimme ist, verkleidet als meine?»

Der Priester schüttelte seinen Kopf. «Du bist wirklich ein hoffnungsloser Fall. Wem willst du denn dann vertrauen?»

«Ich habe noch eine zweite Stimme», erklärte der Nihilist.

«Des Gewissens?» fragte der Geistliche ungläubig.

«Des Gewissens.»

«Das hat Bamba niemals angeordnet», stellte der Priester fest.

N. machte eine Geste, die andeutete, daß das nicht ihm angelastet werden könne.

«Und was tut sie, diese zweite?»
«Sie prüft die erste auf Herz und Nieren, ob diese wirklich meine ist.»
«Und der zweiten traust du? Von der weißt du, daß sie deine ist?»
«Aber ich bitte dich!» rief da der Nihilist, der Wut nahe. «Woher soll ich das denn wissen?»
«Und vielleicht noch eine dritte Stimme», meinte kalt der Priester.
«Möglich», gab N. still zu. «Und selbst *wenn* ich das wüßte . . . woher soll ich denn wissen, daß, was meine Stimme sagt, das Rechte sei?»
«Das genügt mir», schloß da der Priester. «Genau, was ich vermutet hatte. Keine Ahnung von Gut und Böse!» und verwarf ihn.

Die Chronik

Nach reiflicher Überlegung entschloß sich der chinesische Maler Li, das Massiv zu malen, in dessen Schatten sein Dorf lag. Früh wanderte er bis zum Fuß des Gebirges, und als er seine Staffelei auf einem Vorsprung direkt dem Grat gegenüber aufgestellt hatte, glitt sein Blick in die Höhe. Schwarz und mächtig hing der Felsen über seinem Kopf, hoch über dem Gipfel schwebte die silberne Sichel des Mondes, und Berg und Mond schienen für die Ewigkeit an den gestirnten Himmel gezeichnet. «Das ist es», flüsterte Li, und voll Schrecken, Bewunderung und Entzücken prägte er sich das Bild ein. Und nachdem er die Götter um Hilfe angefleht, machte er sich daran, das Gesehene auf den Bogen zu bannen. Nach einer Stunde aber, als er seine Skizze beendet hatte und das Gemälde beginnen wollte, verglich er das Blatt noch einmal mit der Wirklichkeit. Aber die hatte sich unterdessen vollkommen geändert. Denn der Scheitel des Kammes lag nun in rötlichem Schimmer, der Himmel glänzte grün, und statt der silbernen Sichel hoch über dem Gipfel schwamm der Mond nun wie ein duftiges Wölkchen direkt über dem Grate. «Das ist es», flüsterte Li abermals, und seine Überzeugung, daß dies der Anblick war, den zu malen er sich auf den Weg gemacht hatte, war um nichts minder fest als seine erste Überzeugung. Und prägte sich voller Schrecken, Bewunderung und Entzücken auch dieses Bild ein, und machte sich daran, es auf das Papier zu werfen.
Nach einer Stunde aber, als er seine zweite Skizze beendet hatte und das Blatt noch einmal mit der Wirklichkeit verglich, da hing die Felswand in klarstem

Braun über seinem Kopf, weiße Nebelstreifen zerteilten sie in sieben Stockwerke, der Himmel war fast schwarz vor Bläue, und die Sichel des Mondes war nirgends mehr zu finden. Ob es noch immer das eigentliche Bild war, dem er, als er nun an seine dritte Skizze ging, nachjagte, das wissen wir nicht. Aber daß er seine Arbeit nicht unterbrach, daß er sich, immer von neuem entzückt, an seine vierte Skizze machte und an seine fünfte, daß er nicht das Verrinnen der Zeit spürte und nicht den Hunger, und daß er sich erst, als sein Vorrat an Blättern erschöpft war, als zu seinem größten Erstaunen die Bergwand wieder schwarz drohend über ihm hing, und sogar der Mond wieder über dem Grate schwebte – daß er sich erst dann erhob, um zweifelnd und mit zitternden Knieen hinunter ins Tal zu steigen, das wissen wir.

«Und wo ist das Bild?» fragte seine Frau, als er sich auf der Bank vor seiner Hütte niedersetzte.

Er schob ihr die Skizzen zu. «Es ist nicht meine Schuld», sagte er.

«Wolltest du nicht den Berg festhalten?» fragte sie.

«Er hat nicht festgehalten», antwortete er.

«Wolltest du ihn nicht gerade deshalb festhalten?»

«Ich hätte ihn nicht wirklich festgehalten.»

«Eine Chronik!» sagte sie verächtlich. «Statt des Berges!» Und schob die Blätter von sich.

Da erhob er sich. Auf der Schwelle seiner Hütte aber wandte er sich noch einmal um. «Und wie», fragte er, «wenn der Berg selbst nichts wäre als eine – Chronik?»

Einfälle

«Wie dir das alles nur einfallen kann!» meinte staunend einer seiner Freunde, nachdem Apulejus eine neue Geschichte vorgelesen hatte.

«Wer hat das gesagt?» fragte Apulejus zurück.

«Was?»

«Daß sie *mir* eingefallen ist.»

«Wem denn sonst?»

«So viel fällt unsereinem nicht ein», behauptete Apulejus bescheiden. «*Mir* eingefallen ist nur ein einziger Satz.»

«Und der zweite?»

«Ist diesem ersten eingefallen.»
«Und der dritte?»
«Den ersten beiden, als sie miteinander zu spielen begannen.»
Der Freund schüttelte seinen Kopf. «Und welcher von den Sätzen war nun der erste Satz?»
«Der existiert nicht mehr», erwiderte Apulejus. «Der ist bald verlorengegangen. In der Menge der nachfolgenden.»
«Und wie hatte dieser erste geheißen?»
«Da verlangst du etwas viel», fand Apulejus. «Soll ich mich vielleicht aller verstorbenen Sätze entsinnen?»
Dem Freund wurde die Sache unheimlich. «Und was tust *du* dabei?» fragte er nach einer Weile. «Wenn einem Satz sein nächster einfällt?»
«Ich?» meinte Apulejus. «Ach so. Ich schreib ihn mit.»
«Und *gemeint*», fragte der Freund ungläubig, «hattest du die Geschichte nicht so?»
«Was verlangst du denn von mir?» fragte Apulejus. «Hättest *du* die Geschichte denn vielleicht gekannt, bevor sie da war?»

Die drei Masiks

Welchen ersten Namen Masik in Nubien, wo er vor gewiß hundert Jahren geboren worden war, getragen hatte; und welchen zweiten Namen in Gambien, wohin er als Knabe verkauft worden war, das wußte in Molussien niemand mit Gewißheit. Denn nun war es ja auch schon etwa siebzig Jahre her, daß er von Gambien nach Molussien weiterverkauft worden war – und in diesen siebzig Jahren hatte er eben, und nicht nur im Munde der anderen, Masik geheißen, genauer: Masik der Erzähler. Denn als Erzähler war er nun stadtbekannt, und es gab wohl keinen Molussier, der nicht gewußt hätte, daß er den Alten an Sommerabenden auf den Stufen seines Hauses sitzend finden würde, und vor ihm kauernd seine Nachbarn, die er mit seinen Berichten über die fernen Länder der Vergangenheit in Staunen versetzte.
Vermutlich hat es unter seinen Zuhörern keinen einzigen gegeben, der die Wahrheit seiner Erzählungen je angezweifelt hätte, denn diese waren von einer Bildkraft, die sie einem Fabulierer niemals zugetraut hätten. Trotzdem gab es da

aber einen Punkt, richtiger: eine Frage, die er, statt sie offen zu beantworten, stets mit der verdrießlichen Bemerkung abtat, daß es darauf doch wirklich nicht ankomme: die Frage nämlich, ob, was er da so bildhaft und überzeugend vor ihrem Auge erstehen ließ, sein eigenes Leben gewesen sei oder das von anderen. Denn das Wörtchen «ich» verwendete er niemals. Daß ihm viele seiner Zuhörer dieses sein Ausweichen als Geheimniskrämerei verargten, das ist wahrhaftig begreiflich, um so begreiflicher, als die Hauptfigur seiner nubischen Erzählungen ein Knabe, und die seiner gambischen Erzählungen ein kräftiger Sklave zwischen zwanzig und dreißig war; die Zuhörer also guten Grund hatten, in diesen zwei Figuren Masik selbst zu vermuten. Und zu leugnen, daß sie mit dieser Vermutung recht hatten, das ist auch gar nicht nötig. Nur braucht das nicht zu bedeuten – und damit bin ich bei dem Punkt, auf den es hier ankommt – daß Masik ein Geheimniskrämer gewesen sei. Vielmehr scheint es mir durchaus möglich, daß er die offene Auskunft deshalb verweigerte, weil er seiner Sache nicht mehr sicher war. Wie sonderbar diese Vermutung klingt, dessen bin ich mir natürlich voll bewußt. Wenn man aber in Rechnung zieht, daß das molussische Dasein, das Masik seit nun siebzig Jahren führte, auch nicht das winzigste Element mehr enthielt, das auf sein erstes Dasein in Nubien oder auf sein zweites in Gambien verwiesen hätte, dann wird man meine Hypothese wohl weniger befremdlich finden. Schließlich war die Sprache, die ihm nun *die* Sprache zu sein schien, nicht diejenige, die er als junger Mann gesprochen hatte, geschweige denn diejenige, die er als Kind gelernt hatte. Und was von seiner Sprache galt, das galt natürlich auch von seinen Sitten, und ebenso von seinen Freunden. In anderen Worten: da er sich wirklich in einen Molussier verwandelt hatte, waren die zwei Figuren, auf deren Identität seine Zuhörer so gerne den Finger gelegt hätten: der Sklave, der in seinen gambischen Erzählungen eine so beherrschende Rolle spielte, und der Knabe, um den sich alles in seinen nubischen Erzählungen drehte – waren diese zwei Figuren in eine solche Entfernung entrückt, daß es ihm (und nicht etwa nur anderen gegenüber) befremdlich vorkommen mußte, von diesen zu behaupten, daß sie – *er* gewesen sein sollten. Vielmehr waren diese Zwei genauso unwirklich wie seine vermutlich längst schon verstorbenen Geschwister in Nubien, oder wie seine wahrscheinlich längst schon totgeprügelten Kameraden in Gambien – auch sie eben längst schon in Nubien und Gambien begraben, und dort, wo sie begraben lagen, auch längst schon vergessen. Nein, für denjenigen, der sich die Ungewöhnlichkeit dieses Lebensweges klarmacht, ist es einfach unmöglich, es Masik als Schrulle anzurechnen, daß er das Wörtchen «ich» nur für denjenigen aufsparte, der als Einziger von den Dreien übriggeblieben war: also für sich, den Molussier. Erstaunlich ist es höchstens, daß es Masik noch immer gelang, die Bilder des Gewesenen in aller Schärfe am Leben zu erhalten, obwohl es ihm schon seit langem nicht mehr gelungen war, sich mit diesen zu identifizieren.

Der Bittsteller

Weinend trat der Gattungsbegriff des Menschen vor des Herren Thron.
«Wo fehlt es denn, Kleiner?» fragte der Herr, ihn freundlich an einem der anthropologischen Attribute zu sich ziehend.
«Einmal», schluchzte der Begriff, «einmal will ich halt auch ein richtiger Mensch sein!»
Der Herr schneuzte ihn. «Und warum», fragte er ihn, «warum sollte das etwas Besseres sein? Warum willst du *der* sein?»
«Weil ich halt mal richtig *sein* will», antwortete der Allgemeinbegriff.

Daß Gott der Herr über Lappalien wie den Nominalismusstreit nicht informiert war, wird ja niemanden in Erstaunen setzen. «Aber du *bist* doch, mein Junge!» meinte er ermutigend. «Einer muß doch schließlich der Gattungsbegriff des Menschen sein. Und der bist du eben.»
«Aber das steht mir eben bis hierher», schluchzte der Begriff, und er schien von neuem losheulen zu wollen.
Der Herr schmunzelte. «Deren Sprache hast du angenommen. Und was steht dir bis dahin?»
«Eben immer nur ‹der Mensch überhaupt› zu sein. Und immer ‹ewig› zu sein.»
«Statt?»
«Statt *Einer* zu sein. Einer unter anderen. Einer, der einen Namen hat. Einer, der *seinen* Namen hat. Einer, der nichts ist als er selbst. Und der, wenn er gewesen ist, auch richtig *nicht-ist*! So einer möcht ich einmal sein.»
«Sowas!» meinte der Herr kopfschüttelnd. «Und wer hat dir eingeredet, daß du nicht du selbst bist? Und daß du ewig bist? Und daß du niemals nicht-sein wirst?»

Der Begriff blickte ihn ungläubig an.
«Und wer, daß du nicht auch *Einer* bist? Einer unter anderen?»
«Ich – Einer unter anderen?»
«Aber natürlich! Einer von den vielen Allgemeinbegriffen, die ich geschaffen habe. – Trägst du nicht auch einen Namen?»
«Ich?»
«Ja, wer trägt denn den Namen ‹Der Mensch› außer dir?»
Der Begriff schien nachdenklich zu werden.
«Ja», fuhr der Herr fort, «wenn du der Begriff des ‹Gegenstandes überhaupt› wärest, dann freilich . . .»
«Ist der etwa auch gekommen, um sich zu beklagen?»
«Aber was denkst du? Täglich kommt er, der Querulant. Und weißt du, mit welchen Worten der mir in den Ohren liegt?»
Der Begriff schüttelte seinen Kopf.
«*Du* will er sein. Um einmal etwas *Bestimmtes* zu sein. Und weißt du, wie er das begründet?»
«Na?»
«Gegenstand überhaupt, heult er mir vor, die gibt es ja gar nicht. Sondern nur Pflanzen. Oder Tiere. Oder Menschen. Ein Begriff von sowas will ich mal sein.»
«Und», fragte der Begriff des Menschen, «ist ihm zu helfen?»
«Mein Gott», sprach der Herr, «*etwas* ist er ja auch. Wenn natürlich auch nicht etwas so Bestimmtes wie du.»
Da fühlte sich der Begriff des Menschen ungemein erleichtert. «Mein Gott», sprach er, «wenn ich das geahnt hätte!» Und getröstet kehrte er heim in seine alte Wohnung im Himmel der Ideen.

Dialekte

Der Linguist Ko, der sein Lebtag lang ein vorsichtiger und pedantischer Mann gewesen war, hatte, um allen Eventualitäten zuvorzukommen, schon rechtzeitig Volapük erlernt. «Nun wird sich das auszahlen», dachte er nicht ohne Genugtuung, als er sich am Morgen nach seinem Tode in der Gegend des Styx verlaufen hatte. Aber da irrte er. Denn als er einem Manne, der ihm begegnete, die Bitte vortrug, ihm den Weg zum Fährhaus zu weisen – und das tat er wirklich im reinsten Volapük – da blieb dessen Blick vollkommen leer. Und da sich der zweite Mann, an den er sich wandte, nicht vernünftiger benahm als der erste, und der dritte nicht vernünftiger als der zweite, mußte sich Ko damit abfinden, aufs Geratewohl weiter durch die Gegend zu wandern. Daß er am Abend vor dem Fährhaus stand, und bei Nacht fahrplanmäßig im Totenreich landete, das schien ihm ein reiner Zufall.

Sein Vater, der seinem Sohne längst schon vorausgegangen war, empfing ihn am Kai. «Ich hoffe, du hast eine gute Reise gehabt», sprach er freundlich.

«Das kann ich nicht gerade behaupten», erwiderte Ko beleidigt. «Die Sprachverhältnisse hier unten scheinen ja einfach jämmerlich zu sein. Jämmerlich rückständig.»

«Was du nicht sagst», meinte der Alte.

«Das solltest du nicht gemerkt haben?» rief Ko erstaunt. «Auskünfte! Hast du es einmal versucht? Gibt es hier einfach nicht. Dreimal habe ich um eine Auskunft gebeten. Die Blicke, die die Männer mir gegeben haben, die hättest du sehen sollen.»

«Das kann ich mir vorstellen», meinte der Vater trocken.

«Also doch!» fuhr Ko etwas ermutigter fort. «Blicke, als wäre es eine Unverschämtheit, von ihnen die Kenntnis des Volapük zu erwarten. Weiß der Himmel, welche hinterstyxische Mundart sie hier unten reden!»

«Ich fürchte», meinte da der Vater, «da irrst du dich.»

«Wie kann ich mich da irren?» fragte Ko.

«Weil sie es als eine Unverschämtheit auffassen, wenn man von ihnen die Beherrschung unserer hinterwäldlerischen Dialekte erwartet.»

«Hinterwäldlerisch?» rief da Ko. «Aber ich habe sie ja im reinsten Volapük angesprochen!»

«Und das, glaubst du, macht einen Unterschied?»

Das verstand Ko nicht.

«Sofern es die Drei», fuhr der Vater ominös fort, «überhaupt aufgefaßt haben, daß du *gesprochen* hast.»

«Was soll das heißen?» fragte Ko fassungslos.

«Aber nimm doch etwas Vernunft an, mein Junge!» meinte da der Vater. «Woran hätten sie das denn erkennen sollen? Bei den Millionen von Spezies, die hier unten landen. Und wo jede mit ihrem eigenen Signalsystem ankommt.»

«Und Volapük?» fragte Ko ängstlich.
«Volapük! Volapük! Ich habe nachgeschlagen.»
«Was hast du nachgeschlagen? Wo hast du nachgeschlagen?»
«Im ‹vollständigen Lexikon aller Sprachen›» antwortete der Vater.
«Was?» rief da Ko, und seine alte Leidenschaft flammte noch einmal auf, zum letzten Male. «So etwas gibt es? So etwas gibt es hier?»
«Sachte!» meinte sein Vater. «Denn die Existenz unserer Sprache – und ich meine natürlich nicht die unseres Dialekts da oben, und auch nicht die unserer Schriftsprache da oben, und auch nicht die unseres Volapük da oben, die sind alle ja Dialekte, und das hätte ich natürlich auch gar nicht erwartet . . .»
«Was hättest du nicht erwartet?»
«Daß deren Existenz in diesem Lexikon erwähnt ist.»
Da verstummte Ko.
«Vielmehr meine ich die Existenz des menschlichen Sprechens überhaupt. Auch die ist nämlich nicht erwähnt. Noch nicht einmal in einer Fußnote.»
Da mußte Ko sich niedersetzen. Er vergrub den Kopf in seine Hände, während sein Vater geradeaus blickte. Die beiden schwiegen eine Zeitlang.
«Ich weiß, was du denkst, mein Sohn», sprach schließlich der Alte. «Und dafür, denkst du, dafür habe ich mein Lebtag Sprachen studiert.»
«Auf wessen Drängen?» fragte Ko feindselig.
«Das mag schon zutreffen», gab der Alte zu. «Aber glaubst du vielleicht, ein anderes Studium wäre weniger hinterwäldlerisch gewesen?»

Was Kultur ist

Auf einem ihrer Beutezüge, auf dem sie sich mit dem Fleisch eines Südküstlers einzudecken hofften, bot sich den Nordküstlern ein entsetzliches Schauspiel. Hinter Riesenkakteen versteckt, konnten sie nämlich beobachten, wie der Südküstler, auf dessen Fleisch sie es abgesehen hatten, einen der Ihrigen roh verspeiste. Jawohl, roh. «So etwas von Unkultur!» flüsterten sie einander zu, und: «In unserer Zeit!» Und: «Zu denken, daß wir den beinahe aufgegessen hätten!» Und einer von ihnen übergab sich.

Die Solidarität

Den Höhepunkt der alljährlich stattfindenden Olympiade bildeten stets die Zweikämpfe der Kriminellen, die, wie alle anderen Kämpfe, vor den Augen der gesamten Bevölkerung ausgetragen wurden. Sowohl die Stadt Molussien wie die Stadt Penx hatten – so bestimmte es die Olympiade-Regel – ihren verrufensten Gewaltverbrecher in die Festspielstadt mitzubringen und bei den Arena-Beamten abzugeben. War dann das eigentliche Programm abgeschlossen, dann hatten nach einer Pause, deren Lautlosigkeit in Molussien sprichtwörtlich war, die Zwei nackt und unbewaffnet gegeneinander anzutreten. Dies war der Augenblick, auf den die Menge gewartet hatte, denn hier ging es nun wirklich um Leben oder Tod. Da jeder der Kämpfer zu versuchen hatte, den anderen umzubringen, als Sieger aber begnadigt wurde, erreichten diese Gefechte schon nach wenigen Sekunden eine so tierische Wildheit, daß die Turniere, die vorangegangen waren, und selbst die leidenschaftlichsten von ihnen, sofort vergessen waren. Tatsächlich entzieht sich, was diese Männer einander antaten, jeder Schilderung. Und trotzdem gilt, daß es nicht sosehr die Wildheit der Kämpfer selbst war, die denkwürdig blieb, als vielmehr die der Zuschauer. Kaum hatten nämlich die Zwei, die gestern noch von ihren Mitbürgern als die Schandsöhne ihrer Städte verabscheut worden waren, und die, hätten sie nicht für das Fest aufgespart werden müssen, längst schon hingerichtet worden wären – kaum hatten die Zwei die Arena betreten, als die Stimmung total umschlug. Plötzlich waren sie nämlich die Söhne ihrer Städte, nein, geradezu deren Verkörperungen. Mit ohrenbetäubendem Jubel begrüßten die Molussier *ihren* Verbrecher, die Penxer den *ihren*. Und auch während der Kämpfe verstummten die Rufe der Anfeuerung und der Verhöhnung keinen Augenblick lang. Dreimal ist es vorgekommen, daß ein blutverschmierter Sieger von seinen enthusiastischen Mitbürgern auf die Schultern gehoben und über die Bühne getragen wurde. Und ein Gerücht behauptet sogar, daß die längst schon unkenntlich gewordene Statue des heiligen Erzvaters von Penx, die auch heute noch bekränzt wird, niemand anderen darstelle als den ersten Massenmörder der Stadt, der aus dem ersten dieser Zweikämpfe siegreich hervorgegangen sei.

Anonyme Briefe

«Warum», fragte der akademische Schriftsteller Mo seinen Kollegen Mi, «warum lieben Sie es eigentlich so, Ihren Büchern die Kunstform von Briefen zu verleihen?»

«Ich wüßte nicht», antwortete Kollege Mi, «daß ich das je versucht hätte. Vielmehr habe ich immer nur Briefe geschrieben. Genauso wie Sie.»

«Wie ich?» Mo schüttelte seinen Kopf. «Auf derart literarisch hybride Genres lasse ich mich grundsätzlich nicht ein.» Und sich in die Brust werfend: «Ich schreibe grundsätzlich nur richtige Bücher.»

«Aber gewiß, Herr Mo. Nur gibt es eben, hybride hin hybride her, keine richtigen Bücher, die nicht Briefe wären.»

Herr Mo runzelte seine Stirn. «Was meinen Sie damit, Kollega?»

«Daß Bücher anonyme Briefe sind.»

«Anonym? Ich bitte Sie gar schön. Meinen Autorennamen werden Sie klar und deutlich auf jedem meiner Bücher finden.»

«Das bezweifle ich nicht. Aber wie steht es denn mit den Namen der Adressaten? Werde ich auch die auf den Buchdeckeln finden?»

«Die der Adressaten?»

«Sie haben schon recht verstanden, Herr Mo. Die unterschlagen Sie nämlich. Und dadurch unterschlagen Sie auch die Tatsache, daß das, was Sie vorlegen, Briefe sind.»

«Und?»

«Solche Briefe sollte es nicht geben.»

«Und warum nicht?»

«Weil Gegenstände, die nicht verraten, für wen sie da sind, auch nicht verraten, wofür sie gut sein sollen.»

«Lächerlich!» rief da Herr Mo. «Ich schreibe für alle diejenigen, die bereit sind, mir zuzuhören, und die meiner Meinung Achtung entgegenbringen. Ob diese Leser dann daraus ihren Nutzen ziehen, und welchen Nutzen sie dann daraus ziehen, das ist natürlich ausschließlich deren Angelegenheit. Leben wir nicht in einem freien Lande? Das in einer freien Welt liegt? Also haben wir unsere möglichen Leser und deren Selbständigkeit zu respektieren!»

«So bescheiden sind Sie also?»

«Bescheiden? Warum nun das wieder?»
«Ja, wünschen Sie denn niemals, das Ohr derer zu finden, die nicht bereit sind? Und von denen Sie nicht geachtet werden? Und die nichts von Ihnen wissen? Gerade deren Ohr?»
«Mich aufzudrängen, ist nicht meine Art.»
«. . . sprach der Passant, als er auf der Straße Augenzeuge eines Überfalls wurde, aber nicht eingriff, sondern still weiterging.»
«Na hören Sie mal!» rief da Herr Mo. «Was unterstellen Sie mir denn da?»
«Nehmen Sie einmal an», erläuterte da Herr Mi, «ich schriebe ein Buch über das famose ‹Du sollst nicht töten›. Könnte man das tun, ohne bestimmte Adressaten im Auge zu haben?»
«Das Verbot gilt immerhin universell. Also geht es alle an. Ohne jede Diskriminierung.»
«Hut ab! Außerordentlich human. Und außerordentlich menschenfreundlich. Und außerordentlich progressiv. – Nur daß Ihr Argument einen Haken hat.»
«Aha! Manche darf man also töten.»
«Nein. Aber für manche hat man das Gebot so zu formulieren, daß sie es auch wirklich hören. Wenn ich es nämlich in meinem Brief – Verzeihung: in meinem Buch – so formulieren würde, daß jedermann es lesen und jedermann sich seine Scheibe davon abschneiden könnte, dann würde es vermutlich von denen, für die es eigentlich gemeint ist: nämlich von den heutigen Aggressoren, nicht zur Kenntnis genommen werden. Vielleicht dagegen von deren Opfern, die dann unter Umständen durch meinen Brief dazu verleitet werden könnten, lammfromm zu bleiben und ihre Hände, während ihre Familien abgeschlachtet oder verbrannt werden, in den Schoß zu legen. Nein, Herr Kollega, für Alle auf einer und derselben Trompete zu blasen und für Alle eine und dieselbe Melodie zu spielen, also Alle durch ein einziges Buch zu beeinflussen, das ist unmöglich. Da muß man sein Buch schon als Brief behandeln und mit dem Namen derer eröffnen, für die es gemeint ist. Kurz: Was ich meine, ist, daß die Frage, mit der Sie mich zu diesem Gespräch verführt haben, völlig sinnlos ist, daß wir diese auf den Kopf stellen müssen, und daß ich Sie zu fragen habe: Warum lieben Sie es eigentlich so, Herr Kollega, Ihren Briefen die Kunstform von Büchern zu verleihen?»

Freie Täterwahl

Zu den revolutionärsten Dekreten in der Geschichte des modernen Usalien gehörte dasjenige, durch das die Polizei mit der Übernahme aller Pflichten der Unterwelt, zugleich aber auch der Pflichten der Justiz betraut wurde. Natürlich ersparte die Zusammenlegung dieser drei öffentlichen Tätigkeitsbereiche jene unsäglichen Mühen, die das Aufspüren, Untersuchen und Aburteilen von Tätern früher verursacht hatte, von den Millionen an öffentlichen Geldern, die das gekostet hatte, zu schweigen. An die Stelle der Suche nach den Tätern trat nun dasjenige, was man offiziell als die «freie Täterwahl» der Exekutive bezeichnete. Der Ausdruck, der ja die Wichtigkeit der Freiheit im damaligen Usalien bezeugt, besagte, daß, wer jeweils als Täter zu gelten hätte, von der Exekutive, bzw. von dem hinter dieser stehenden Establishment bestimmt wurde – was oft sogar geschah, ehe die Tat ausgeführt war, da oft nicht nur die Person des Täters von der Exekutive beschlossen wurde, sondern eben auch die Tat selbst. Nicht gesagt war freilich mit dem Ausdruck, daß das jeweilige Verbrechen notwendigerweise von dem designierten Täter selbst begangen werden mußte, in vielen Fällen zog es die Exekutive vielmehr vor, die Durchführung sachverständig selbst in die Hand zu nehmen; wohl aber bedeutete der Ausdruck «freie Täterwahl», daß der designierte Schuldige die Pflicht hatte, vor der Mit- und Nachwelt als *derjenige welcher* aufzutreten, was natürlich das Erleiden der Buße für sein Verbrechen miteinschloß.

Die Ordnung, die durch die Zusammenlegung der drei Sparten nach kurzer Zeit in Usalien einzog, war in der Tat atemberaubend, nie zuvor hatten Politik, Verwaltung und Justiz so reibungslos zusammengearbeitet, nichts war mehr dem Zufall überlassen, alles und jedes vollzog sich nun programmgemäß. Nach kurzer Zeit war es bereits die Regel, daß Attentäter (und natürlich auch deren Rächer oder Scharfrichter) festgelegt waren, auch deren Namen der Presse bereits übergeben waren, ehe die Täter selbst noch etwas davon ahnten, daß irgendeine Tat bevorstand, geschweige denn, daß sie dazu ausersehen waren, als die Schuldigen zu gelten und in kurzem für ihr Verbrechen zu büßen. Und nicht selten geschah es sogar, daß Missetäter die Todesstrafe erlitten, ohne auch nur vorher erfahren zu haben, für welche Missetat sie da angeblich büßten – «niemand» hatte eben, wie es als Prinzip im usalischen Kodex hieß, «ein Anrecht auf die Kenntnis seines Unrechts». Für Individuen mag das zwar zuweilen bitter gewesen sein – wieviel süßer ist es doch zu sterben, wenn man weiß wofür man stirbt – gesellschaftlich gesehen aber war diese Einrichtung ein wahrer Segen. Sie lief ja, da nun allein solche Mitbürger Verbrechen zum Opfer fielen, deren Ableben der Exekutive, bzw. dem Establishment, willkommen war, und da von den für die Verbrechen Büßenden dasselbe galt, auf einen pausenlosen Prozeß der Selbstreinigung der usalischen Gesellschaft heraus. –

Übrigens wohnte diesem System – das zu unterschlagen ist durchaus nicht nötig – auch eine gewisse Komik inne. Und zwar aus folgendem Grunde: Da man, wie es jedermann plausibel sein wird, in jedem individuellen Falle zwei Männer sterben lassen mußte, einen als Opfer und einen als Mörder, blieb es oft gleichgültig, wie man die Rollen von Opfer und Täter nun besetzen sollte, ob man Herrn A durch Herrn B ermorden lassen und Herrn B für diese Ermordung büßen lassen sollte, oder umgekehrt. Es ist zuverlässig überliefert worden, daß die usalischen Polizisten zuweilen noch kurz vor dem längst schon zeitlich und in allen anderen Einzelheiten festgelegten Attentat doch noch nicht festgelegt hatten, welchem der zwei prospektiven Toten sie die Opferrolle, und welchem sie die Verbrecherrolle zuerteilen sollten; und daß sie die Antwort darauf gelegentlich durch Würfeln im allerletzten Augenblick entschieden hätten.

Das Undenkbare

Unter den leiblosen Monaden des Sirius hatte es einen Philosophy-Fiction-Autor gegeben, zu dessen Liebhabereien es schon immer gehört hatte, die abenteuerlichsten Wesen zusammenzuphantasieren. – «Nach dem Erscheinen seines zwanzigsten Bandes», so heißt es in einer Sirischen Literaturgeschichte, «war es mit der Popularität dieses Schriftstellers schlagartig aus. In diesem Bande hat er sich nämlich von seiner hemmungslosen Phantasie dazu hinreißen lassen, völlig absurde Wesen zu erfinden, Monaden nämlich, die – ich zitiere wörtlich – ihr Leben lang Materialklumpen mit sich herumzuschleppen haben. Materialklumpen, an die sie gewissermaßen angekettet sind, und mit denen sie sich sogar mehr oder weniger identifizieren.» Daß diese surrealistische Albernheit allgemeine Ablehnung fand, und daß es zwischen den Reaktionen der Wissenschaftler, der Presse und des Publikums keine nennenswerten Unterschiede gab, das ist wenig verwunderlich. Charakteristisch für diese Reaktionen war z. B. die Besprechung, in der sich der Rezensent des amtlichen ‹Sirius-Herald› mit diesem Bande auseinandersetzte. «Phantasie in Ehren» schrieb dieser. «Daß Schreiber weder Pedant noch Spielverderber ist, das braucht er den Abonnenten dieses Blattes ja nicht ausdrücklich zu beteuern. Und er gesteht sogar gerne, den früheren Pegasussprüngen dieses Autors zuweilen schmunzelnd gefolgt zu sein. Aber was zuviel ist, ist zuviel. Gewisse Grenzen sind schließlich auch der surrealistischsten Phantasie gesetzt. Und zwar nicht etwa durch unsereins, nicht durch den Machtspruch der Literaturkritik, sondern durch den einer weit höheren Instanz: durch den der Ontologie, deren Prinzipien jeder Monade, mindestens jeder geistig gesunden, eingeboren sind, und über die sich hinwegzusetzen Bestseller-Autoren genauso wenig Recht haben wie Philosophen. Von seinen Lesern zu verlangen – und das tut unser Autor – daß sie sich das schlechthin Undenkbare: *die Verkittung der zwei toto coelo verschiedenen Substanzen Geist und Stoff*, doch *als denkbar vorstellen, das ist eine Zumutung*, die jeden literarischen Genuß im Keime erstickt. Wir können nur hoffen, daß sich unser Autor fürderhin nie mehr in derartige Abgeschmacktheiten verrennen und niemals mehr darauf bestehen werde, die natürlichen Grenzen des Denkbaren so rücksichtslos außer acht zu lassen wie in diesem Buche. Anderenfalls würde er wohl bald die Erfahrung machen müssen, daß er sogar als Spaßmacher nicht mehr ernstgenommen werden würde. Und uns Lesern würde er dann gewiß keine Vorwürfe machen dürfen.»

Common Sense

«Maßlose Übertreibung!» sprach das Fensterglas, nachdem das Mikroskop seine Beobachtungen mitgeteilt hatte. Und die Seuche wütete weiter.

Der bezahlte Defekt

«Ich habe ein ganz unalltägliches Talent», prahlte der molussische Schauspieler, «und mein Rollenrepertoire ist einfach grenzenlos.»
«Talent?» fragte der Philosoph, vor dem er sich hatte wichtigtun wollen, zu-

rück, «hat das Wasser Talent, weil es die Form jeder Vase, in die es gegossen wird, annehmen kann? Oder fehlt ihm nicht vielmehr etwas? Nämlich die eigene Form? Aber prahlt es mit diesem Mangel? Und läßt es sich für diesen vielleicht bezahlen?»

Schlagwörter

«Warum formulierst du so knapp?» fragte man den Gnomiker.
«Wenn menschliche Ohren», antwortete dieser, «nur noch an Schlagwörter gewöhnt sind, also nicht mehr an Sätze, geschweige denn an Einsichten, dann haben wir den Kampf gegen diese Waffen erst einmal mit den gleichen Waffen auszutragen: also Schlagwörter der Wahrheit zu schmieden und mit diesen die Schlagwörter der Lüge zu erschlagen. Später freilich werden sich unsere Schlagwörter durch Einsichten so erfüllen müssen, wie sich früher Weissagungen durch Ereignisse erfüllt haben.»

Der Todeskandidat

«Drei mal drei macht zehn», dekretierte der Führer.
«. . . macht zehn» echoten sechsundneunzig von den hundert Schreiberlingen.
«. . . ungefähr zehn», drei der kühneren Kollegen.
«. . . ungefähr neun», der Kühnste. – Aber den kann ich bereits am Galgen hängen sehen.

Entweder oder

«Worte zu putzen, das überlasse ich dir», meinte der Halbphilosoph. «Mir liegt allein an der Wahrheit.»
«Ärmster!» rief der Philosoph.
«Warum Ärmster?»
«Weil du nun auf beides verzichten mußt.»
«Auf beides?»

«Jawohl. Auch auf die Wahrheit.»
«Auf welche?»
«Auf die Wahrheit über die Wahrheit.»
«Und die lautet?»
«Daß sie nur durch geputzte Fenster hindurchscheint.»

Wurzel der Scham

«Schämen Sie sich denn gar nicht?» fragte der Kannibale Herrn Gast, als dieser zauderte, an der angebotenen Mahlzeit teilzunehmen. «Müssen Sie denn immer unsolidarisch sein und immer unkonformistisch und immer eine Extrawurst haben?» Woraufhin Herr Gast, der es sich nicht verhehlen konnte, daß er sich wirklich ein wenig schämte, zugriff und am Ende sogar «gesegnete Mahlzeit» wünschte.

Zurückweisung

«Ich entwürfe ein unzulängliches Weltbild?» fragte der Moralist. «Seit wann beanspruchen Wegweiser Landkarten zu sein? Und Chirurgen, die den Star stechen, als Maler klassifiziert zu werden?»

Das Faule

Wir standen auf dem Balkon, über uns den ausgestirnten südlichen Nachthimmel: er, der Erzeuger der elektrischen Zahnbürstenreiniger, und ich. «Was die da oben herumfaulen!» meinte er in gequältem Tone, und er machte eine despektierliche Geste, die dem gesamten Sternenhimmel galt.
«Unten gibt es noch eine Hälfte», erklarte ich.
Er zuckte zusammen. «Warum müssen Sie mich daran erinnern?» Und angewidert: «Wenn man sich ausrechnet, was die schaffen könnten! Schaffen. Tut sich was. Nichts als *da*, diese Millionen Dinger.»
«Für wen sollten sie denn da sein, diese Dinger?» fragte ich. «Und für wen etwas schaffen?»

«Für wen!» wiederholte er voll Verachtung. «Wo glauben Sie denn, daß ich heute stehen würde, wenn ich mich gefragt hätte, ‹für wen?›, bevor ich anfing mit meinen elektrischen Zahnbürstenreinigern? Ja, glauben Sie vielleicht, daß ich dann hier stehen würde als der, der ich bin?»
Ich blieb stumm.
«Na sehen Sie. Jedes Ding zu seiner Zeit und immer alles schön in der Reihe. Zuerst das Produkt und dann das Bedürfnis. Ja, wozu glauben Sie denn, mein Lieber, daß Gott der Herr die Public Relations geschaffen hat? Käufer? Kann man immer finden. Und Bedürfnisse? Immer schaffen!» Sprach's, warf noch einmal einen angewiderten Blick auf den vergeudeten Sternenhimmel und trat zurück in die vier Wände seines Hotelzimmers.

Wo und bei wem

«Nun kann mir nichts mehr zustoßen», seufzte erleichtert der uralte Sophist Abydos, und lehnte sich zurück, um sich endlich das Sterben zu gönnen. «Denn nun bin ich auf der ganzen Welt berühmt.»
«Möglich», gab sein Kollege Glaukos zu.
«Was heißt ‹möglich›?» zischte der Sterbende, denn er war unersättlich.
«Gut. Nicht möglich. Sondern wirklich. – Und unterstellt selbst, daß dein Weltruhm bleibe. Und sogar, daß er für alle Ewigkeit bleibe. Und sogar, daß du ihn, obwohl längst schon zu Staub zerfallen, doch noch diese Ewigkeit lang genießen könntest.»
«Nun?»
«‹Wo?› frage ich mich.»
«Was heißt ‹wo›?»
«Und ‹bei wem?› frage ich mich.»
«Was heißt ‹bei wem›?»
«Wo und bei wem ist denn diese Welt, die voll ist von deinem Ruhm, und in der dein Ruhm auch bleiben wird, und in der selbst dein Staub deinen Ruhm noch wird genießen können, und sogar für alle Ewigkeiten – wo und bei wem ist denn diese Welt – auch nur jetzt in diesem Augenblicke, in dem ich ‹jetzt› sage – berühmt? Und wo und bei wem wird sie denn morgen berühmt sein? Und gar berühmt bleiben in alle Ewigkeit?»

Da richtete sich der Alte auf, denn er war unersättlich, und ballte seine kraftlosen Fäuste und keuchte: «Du meinst . . .?»
«Jawohl», antwortete ihm sein Kollege, nicht ohne Genugtuung. «Denn wo ist denn die Welt berühmt? Wo werden denn die gepriesen, die uns preisen? Und wo werden denn die gepriesen werden, die uns preisen werden? Berühmt sind wir im Unberühmten.»
«Und das», keuchte der alte Abydos, «das soll vielleicht ein Argument sein?»
Glaukos hob seine Schultern. «Wie du es nennst, das ist ziemlich gleichgültig. Aber bedenkenswert scheint es mir doch.»
Da schüttelte Abydos wild seinen Kopf und kreischte: «Sondern der pure Neid ist das!» Und fiel zurück in seine Kissen und starb sehr unglücklich.
«Die Möglichkeit, daß ich damals aus Neid so argumentiert hatte – denn Abydos war damals wirklich viel berühmter als ich – die will ich heute gar nicht mehr ausschließen», erklärte der unterdessen gleichfalls weltberühmt gewordene Glaukos viele Jahre später. «Aber wo steht denn geschrieben, daß, was Neid lehrt, unwahr sein müsse? Und daß nicht auch Eifersucht zur Einsicht führen könnte?»

Der Trost

Als am Morgen Mrs. Mac Average ins Hospital kam, um sich nach dem Ergehen ihres Mannes zu erkundigen, da wurde sie von dem diensthabenden Arzt mit den freundlichen Worten empfangen: «Gar kein Grund zur Beunruhigung, liebe Mrs. Mac Average. Alles, aber wirklich auch alles in Ordnung. Der Prozeß ist völlig normal verlaufen. Unter den gegebenen Umständen ist das Ableben Ihres Gatten genau das, was zu erwarten stand. Hätte er überlebt, wir hätten geradezu Ursache gehabt, alarmiert zu sein» – woraufhin Mrs. Mac Average getröstet ihren Chevy bestieg, nach Hause fuhr und ihren Freundinnen, die sich telephonisch nach dem Ergehen ihres Mannes erkundigten, die durchaus ehrlich gemeinte Antwort gab: «Thank you, dear, everything is swell.»

Die Alternativen

«Charakter beweist das nun nicht gerade», meinte eines Abends der Sekretär der Partei der Blauen zu dem Philosophen Telekleides – und der Ton der Sekretärsstimme klang selbst in den Ohren des Philosophen ominös – «und Mut beweist das wohl auch nicht gerade, dieses ewige Hin und Her zwischen hüben und drüben. Entweder oder. Ja ja, nein nein. Was darüber ist, ist vom Übel. Eines Tages werden Sie sich wohl schon entschließen müssen. Warum Sie sich für die offenbare Wahrheit zu schade vorkommen, das bleibt uns unerfindlich, und daß wir für solchen Hochmut Verständnis aufbringen, das erwarten Sie bitte nicht von uns. Entweder entscheiden Sie sich also für die offenbare Wahrheit und nennen, wie wir es tun, Dreiecke blau, und sind Einer der Unseren. Oder Sie entscheiden sich für den offensichtlichen Unsinn, um nicht zu sagen: für die bösartige Irreführung, und nennen, wie unsere Feinde es tun, Dreiecke sauer, und schließen sich damit aus den Reihen der anständigen Zeitgenossen aus. Aber den Dreiecken das eine Mal ihr Sauersein abzustreiten, also mit uns zu liebäugeln; und diesen das andere Mal ihr Blausein abzustreiten, also unseren Feinden zu schmeicheln – nun, auf die Dauer wird sich solche Schaukeltaktik wohl nicht aufrechterhalten lassen, mein Lieber, das verstehen Sie hoffentlich.»
Wie gesagt, selbst der Philosoph verstand.

«Charakter beweist das nun nicht gerade», meinte am Abend danach der Sekretär der Partei der Sauren zu dem Philosophen Telekleides – und der Ton der Sekretärsstimme klang selbst in den Ohren des Philosophen ominös – «und Mut beweist das wohl auch nicht gerade, dieses ewige Hin und Her zwischen hüben und drüben. Entweder oder. Ja ja, nein nein. Was darüber ist, ist vom Übel. Eines Tages werden Sie sich wohl schon entschließen müssen. Warum Sie sich für die offenbare Wahrheit zu schade vorkommen, das bleibt uns unerfindlich, und daß wir für solchen Hochmut Verständnis aufbringen, das erwarten Sie bitte nicht von uns. Entweder entscheiden Sie sich also für die offenbare Wahrheit und nennen, wie wir es tun, Dreiecke sauer, und sind Einer der Unseren. Oder Sie entscheiden sich für den offensichtlichen Unsinn, um nicht zu sagen: für die bösartige Irreführung, und nennen, wie unsere Feinde es tun, Dreiecke blau, und schließen sich damit aus den Reihen der anständigen Zeitgenossen aus. Aber den Dreiecken das eine Mal ihr Blausein abzustreiten, also mit uns zu lieb-

äugeln, und diesen das andere Mal das Sauersein abzustreiten, also unseren Feinden zu schmeicheln – nun auf die Dauer wird sich solche Schaukeltaktik wohl nicht aufrechterhalten lassen, mein Lieber, das verstehen Sie hoffentlich.»
Wie gesagt, selbst der Philosoph verstand.

Daß sich die höhnischen Glossen über Telekleides, die am Morgen nach dessen Selbstmord in den Blättern der Blauen und der Sauren erschienen, kaum voneinander unterschieden, das bezeugt wohl zusätzlich, wie recht Telekleides gehabt hatte, als er, statt sich für Blau oder für Sauer zu entscheiden, ins Wasser gegangen war.

Der Idiot

Als der Philosophieschüler Menander auf einer seiner Missionsreisen durch Afrika zwei Kaffern den pythagoreischen Lehrsatz erklärt und seine Erklärung feierlich mit der Versicherung abgeschlossen hatte, daß das Gesetz überall gelte und immerdar, da schüttelten die Zwei ihre Köpfe und zogen ihre Buschmesser.
«Bei uns nicht», erklärte der zur Rechten bedrohlich.
«Und warum nicht?» fragte Menander nachsichtig.
«Weil sowas bei uns nicht vorkommt.»
«Was?»
«Daß einer zwei Kathetenquadrate addiert.»
«Aber mein Lieber», versuchte da Menander ihm klarzumachen, «was tut denn das zur Sache? Ich habe ja gesagt: ‹wenn›. *Wenn* man die addiert.»
«Wer hat denn das Gesetz befohlen?» erkundigte sich nun der Kaffer zur Linken.
«Wie meinst du das?» fragte Menander nachsichtig.
«Welcher Häuptling? Oder welcher König? Oder welcher Gouverneur?»
«Weder ein Häuptling noch ein König noch ein Gouverneur», antwortete Menander nachsichtig.
«Sondern?»
«Überhaupt niemand.»
Nach dieser Auskunft tippten sich die Zwei an die Stirne, so als sei Menander eben ein Idiot, dem nicht zu helfen sei. «Wenn», wiederholte der zur Rechten

amüsiert. Und: «Überhaupt niemand», der zur Linken mitleidig. Und steckten ihre Messer in ihre Gürtel zurück und standen auf und verschwanden im Busch.

«Was sagst du zu diesen Idioten?» fragte Menander seinen Vater, nachdem er diesem von seiner wunderbaren Errettung aus Todesnot berichtet hatte.
«Idiot!» antwortete sein Vater.
Menander war sprachlos.
«Menschen zuzumuten», fragte sein Vater, «Gesetze anzuerkennen, hinter denen niemand als Gebietender steht; und dazu noch solche, die von Verhältnissen handeln, die für diese Menschen überhaupt keine Bedeutung haben können – ja, wie nennst *du* denn solche Verständnislosigkeit?»

Was Humanität ist

Nachricht aus Saigon: U.S.-Kampfflugzeuge richteten Ende Oktober irrtümlicherweise einen Luftangriff auf das südvietnamesische Dorf De Duc, wobei 48 Zivilisten getötet und 55 verletzt wurden. Überflüssig zu betonen, daß unverzüglich amerikanische Medikamente an den betroffenen Platz geflogen worden sind, und daß die südvietnamesischen Regierungsstellen den Amerikanern sofort ihren Dank für diese Hilfeleistung ausgesprochen haben.

Als der Kaufmann Bim trotz dreifach wiederholter Warnung keine Anstalten traf, den Erpressungen des molussischen Mafia-Bosses Fu nachzugeben, da beauftragte dieser seinen Spezialisten, dasjenige zu tun, was in solchen Fällen zur Routine der Firma gehörte: nämlich den ältesten Sohn des widerspenstigen Mannes verschwinden zu lassen. Natürlich verursachte die Durchführung dieses Auftrages nicht die geringsten Schwierigkeiten, und als der Spezialist am nächsten Morgen seinem Chef die über Nacht abgeschlossenen Geschäfte aufzählte, konnte er unter anderem auch den Tod des jungen Bam mitteilen. – «Was?» schrie da Herr Fu zur ungeheuren Überraschung seines Spezialisten, «den Sohn von Herrn Bam hast du erledigt?» – «Programmgemäß», antwortete der Spezialist. – «Programmgemäß! Mord ist das. Bim hatte ich gesagt, und nicht Bam!» – Woraufhin sich der Angestellte mit den Worten, das Eine schließe

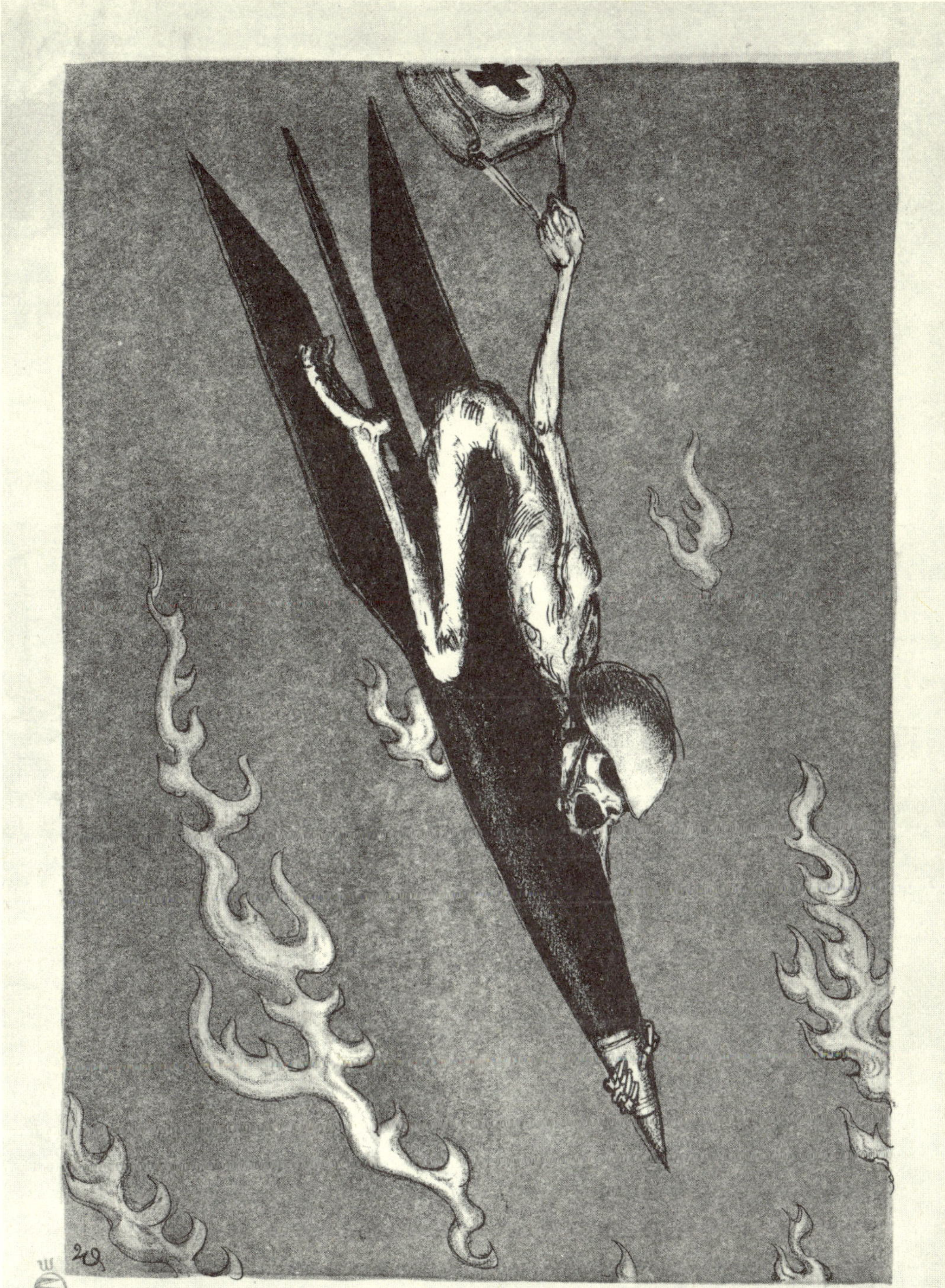

ja das Andere nicht aus, auf den Weg machte, um den Richtigen ebenfalls zu erledigen.
Ob und wie Herr Fu seinen Spezialisten gestraft hat, das wissen wir nicht. Wohl aber, daß er den alten Bam, der durch ein Versehen der Firma in ein solches Unglück gestürzt worden war, nicht im Stiche gelassen hat. Im Gegenteil: mit jener Promptheit, die nur das wahrhaft humane Herz kennt, ließ Herr Fu dem Alten noch am gleichen Vormittag sein tiefempfundenes Mitgefühl aussprechen; und ihm am Abend ein schwergerahmtes und von ihm eigenhändig unterzeichnetes Portrait seiner selbst überreichen. Und es ist wohl ein tröstliches Zeugnis für die Urbanität Molussiens, daß sich der alte Herr Bam trotz seines unsäglichen Schmerzes der menschlichen Geste des Herrn Fu nicht unwürdig gezeigt hat: sich für die unerwartete Gabe bedankt, nein dieser sogar in seinem nun trostlos gewordenen Hause einen Ehrenplatz eingeräumt hat.

Das verspielte Außerhalb

Als im Jahre 2058, ein halbes Jahrhundert nach der Gründung des Weltstaates, der Schüler in der ‹Geschichte des 20. Jahrhunderts› den Satz las: «In jenen Augenblicken, in denen hier oder dort der Druck der Diktaturen unerträglich wurde, gab es stets Flüchtlingsmassen», da fragte er – denn daß die Welt *eine* und diese hermetisch verschlossen war, das war ihm bereits absolut selbstverständlich: «Flüchtlingsmassen? Was heißt denn das? Wohin konnte man denn flüchten? Gab es denn ein Außerhalb?» – Und rief, als ihm diese Fragen beantwortet worden waren, voll Verachtung, und so, als wäre die Misere, in die er hineingeboren worden war, ein Grund zum Stolzsein oder sogar sein persönliches Verdienst: «Was *die* so ‹Druck› genannt hatten!» –
Woraus zu lernen ist, daß wir es uns dreimal überlegen sollten, ehe wir einen Weltstaat gründen. Denn wo es nur *eines* gibt, da gibt es keine Reste mehr. Also auch keine restierenden Zufluchtstätten.

Simbas Hades-Bericht

«Wie vergeßlich wir auch sein mögen», sprach Simba, nachdem er dem Totenreiche entronnen und nach Molussien zurückgekehrt war, «und wie treulos unseren Verstorbenen gegenüber – die fürchterlichsten Vergesser, die Meister der Treulosigkeit, sind nicht wir, sondern sie, die Toten selbst: da sie, kaum daß sie uns verlassen haben (noch sind sie erkennbar, noch haben wir es nicht begriffen) auch nicht das mindeste mehr von uns zu wissen wünschen und uns von einem Augenblicke zum anderen so total aus sich ausgesperrt haben, daß wir daneben als die reinsten Stümper dastehen.

Ich komme von unten. Aber glaubt nur nicht, ich hätte euch Grüße zu bestellen. Auch von denen nicht, die sich erst gestern verabschiedet haben. Wahr ist vielmehr, daß, wer das Tor durchschritten hat, durch Gebirge von Gerümpel waten muß, da die Toten die ihnen mitgegebenen Geschenke schon auf ihrem ersten Rundgang durch die Stadt fallen zu lassen pflegen; und daß die Tiefe des Grundes, auf dem sie ihre nicht endenden Runden machen, schon gar nicht mehr abgeschätzt werden kann, weil er aus nichts anderem mehr besteht, als aus den Millionen von fallengelassenen Opfergaben, die sie im Laufe der Jahrmillionen seit der Ankunft des ersten Toten festgestampft haben. Behauptet nicht, ihr hättet das auch vorher gewußt. Oder ihr hättet den sakrilegischen Mut gehabt, euch vorzustellen, daß auch *ihr* nun tot seid. Nämlich in ihren Augen. Also durch sie. Ihr hattet es nicht gewußt. Und auch ich nicht. –

Und wenn allein *wir* es wären, die von ihnen vergessen werden. Das könnten wir ihnen ja noch nachsehen. Denn was sind wir schon im Vergleich mit dem Wichtigsten, mit dem Ereignis, das hinter ihnen liegt, mit der Vergünstigung, daß sie zwischen ihr erstes Nichtsein und ihr zweites eine Atempause hatten einlegen dürfen, verglichen also mit dem Abenteuer, daß sie eine Zeitlang *dagewesen* waren? Aber auch *das* haben sie vergessen. Meinem Vater bin ich begegnet. Glaubt ihr vielleicht, er habe mich erkannt? Oder er habe begriffen, wovon ich sprach, als ich ihm erklärte, daß auch ich nun von oben gekommen sei? Er kannte kein ‹Oben›, und er verstand nicht, was ich mit ‹Kommen› meinte. Überflüssig war es gewesen, daß seine Mutter ihn getragen, überflüssig, daß sie ihn zur Welt gebracht hatte, überflüssig, daß er gerade *er* gewesen war, überflüssig, daß er gerade mich in sein Herz geschlossen hatte. Er hätte auch

ein Anderer gewesen sein können oder niemand. – Und war Zeuge dort unten, wie sein Bruder, den er hier oben verabscheut hatte, an ihm vorbeistrich und seinen Mantel streifte. Aber glaubt ihr vielleicht, die Zwei seien zusammengeschreckt, oder sie hätten einander nur gesehen, oder sie hätten auch nur gewußt, daß sie sich auch diesmal wieder am gleichen Platze aufhielten? Nichts dergleichen. *Kein Toter hat von Toten je gehört.* Und wäre, als er noch unter uns weilte, mein Vater dieser Bruder gewesen, und dieser Bruder mein Vater – keinem der beiden würde das heute das mindeste ausmachen.
Und schließlich, meine Lieben, glaubt nur nicht, daß sie ihr Totsein lernen müssen. Ich habe die Neuankömmlinge beobachtet: sie beherrschten ihren neuen Zustand vollkommen, Ungelernte gab es unter ihnen nicht, anderswo schien keiner jemals gewesen zu sein. Und obwohl sie noch den Staub der molussischen Straßen an ihren Schuhen trugen – von denen, die sich ihre Routine in Jahrtausenden angeeignet hatten, unterschieden sie sich nicht im mindesten, ihren ersten Rundgang absolvierten sie, als wäre dieser ihr tausendster, und nach Merkmalen, die angezeigt hätten, wann einer und von wo er gekommen, suchte ich vergeblich.»
«*Wir* Vergeßliche?» schloß Simba, «*wir* Treulose? Laßt eure Selbstvorwürfe! Und wartet, bis ihr wirklich Vergeßliche und wirklich Treulose sein werdet.»

Das Plagiat I

Ehe der betagte Bibliothekar C. an die Abfassung seines schon seit langem geplanten metaphysischen Fazits ging, beschloß er, alle Schriften, die er je gelesen hatte, und die ihn vielleicht zu einem Plagiatoren würden machen können, aus seinem Gedächtnis auszutilgen. Da er fürchtete, zuhause eine solche Vertilgung nicht durchführen zu können, verließ er eines Tages seine Berufswelt, um im Gewühl von Karthago unterzutauchen – und das gelang ihm vollkommen. Die Tatsache, daß es ihn, den Philosophen C., oder auch nur Philosophen, oder auch nur Bücher gab, die war in die Schiffswerkstätte, in der er nun arbeitete, und zu den Menschen, mit denen er nun Umgang hatte, noch niemals gedrungen. Deutlich spürte C., wie die Ignoranz, die ihn umgab, durch alle Poren in ihn eindrang, und wie er dem Zustande, den zu erreichen er sich vorgenommen hatte, von Tag zu Tag näherkam. Und als er sich nach zehn, freilich mit tausendfachem Leben angefüllten, Jahren der Philosophie-Askese hinsetzte, um auszuprobieren, ob er nun so weit sei, da hatte er, obwohl er zugleich spürte, daß ihm sehr viel Zeit nicht mehr vergönnt war, und daß ihm nun vielleicht ein Wettrennen bevorstand, zum ersten Male in seinem Leben das befreiende Gefühl, von aller Erinnerung gereinigt und völlig vorgängerlos zu sein. Auf Schwierigkeiten stieß er beim Schreiben überhaupt nicht, staunend beobachtete er, wie ihm täglich ein reichlicheres Pensum aus der Feder floß; und es war noch kein Monat vergangen, als er eines Morgens das Wörtchen ‹finis› hinschreiben durfte.

Ein glücklicher Mann, wird man denken. Und da wohl kein Glück größer sein kann, als das, ein solches Rennen gerade im letzten Augenblicke doch noch zu gewinnen, wird man es wohl auch als Glück bezeichnen dürfen, daß C. an dem Morgen, an dem er seine Schrift beendete, auch das Ende seines Lebens erreicht hat. Und trotzdem, so einfach ist das nicht.

Unter denen, die C. quer über seinen Papieren liegend gefunden haben, hat es jedenfalls keinen einzigen gegeben, der gewagt hätte, zu behaupten, daß C.'s Züge Genugtuung verraten hätten. Zwar blieben diese Augenzeugen, was die Todesursache betrifft, durchweg vage. Aber in zwei Punkten stimmten sie doch alle überein: nämlich darin, daß C.'s Gesicht von einem Ausdruck furchtbarer Konsternation entstellt gewesen sei – was für alle, die C.'s gleichmäßige Freundlichkeit gekannt hatten, beinahe unglaublich war; und daß sich C.'s Manuskript in einem sonderbaren Zustande befunden habe: daß nämlich der Arbeitstitel, den C. seiner Schrift gegeben hatte, bis zur totalen Unkenntlichkeit ausgekratzt gewesen und durch einen neuen, höchst rätselhaften, nämlich den: ‹*Plagiat des Seienden*› ersetzt gewesen sei. Graphologen bestreiten, daß die machtvolle Hand, die diesen Titel niedergeschrieben habe, C.'s Hand gewesen sein könne. Manche von ihnen gehen sogar so weit, zu bezweifeln, daß es sich um die Handschrift eines Sterblichen handeln könne. Ob sie damit zu sagen wünschen, daß es der Schöpfergott Bamba selbst gewesen sei, der eingegriffen habe: daß dieser nämlich, nachdem er das fertiggeschriebene Buch gesehen, zu verstehen gegeben habe, daß er sogar die beste Philosophie als nichts anderes betrachte denn als eine total überflüssige Verdoppelung dessen, was er geschaffen, also ein Plagiat – darüber äußern sie sich nicht. Aber andere Deutungen scheinen unmöglich.

Das Plagiat II

Als der molussische Architekt das Zeitliche gesegnet hatte, betrat er das himmlische Büro des Gottes Bamba. «Hier finden Sie», erklärte er feierlich, und überreichte dem Gotte ein zusammengerolltes Pergament, «in knappster Zusammenfassung die Gebäude, zu deren Errichtung ich die achtzig Jahre verwendet habe, die Sie mir vergönnt hatten. Was sich an meinen Gebäuden als belanglos herausgestellt hat oder als zufällig oder als nur empirisch, das habe ich natürlich, um Ihre Zeit nicht allzusehr in Anspruch zu nehmen, ausgelassen.»
Bamba hatte kaum einen Blick auf das entrollte Pergament geworfen, als er es freundlich zurückreichte. «Diese Zeichnungen haben wir bereits in unserem Archiv», erklärte er.
«Unmöglich!» rief da der Architekt. «Oder sollte mich da jemand plagiiert haben? Und mir zuvorgekommen sein?»
«Offenbar.»
«Und wer ist dieser Betrüger gewesen?»
«Aber ich bitte dich!» meinte da Bamba amüsiert, «du natürlich. Entsinnst du dich denn nicht mehr der Entwürfe, die du vor sechzig Jahren, ehe du wirklich zu bauen anfingst, gezeichnet und mir geweiht hast?» Seine Hand näherte sich einem Klingelknopf. «Deine heutigen Zusammenfassungen stimmen Strich für Strich mit diesen Entwürfen überein. Wenn du dich zu überzeugen wünschst?»
Der Architekt winkte ab. «Möglich», gab er zu. «Aber die Zeichnungen damals, die waren doch nur Entwürfe!» Sein Ton war flehend.
«Richtig. Und die heutigen sind eben Auszüge.»
«Und was dazwischenlag, das Schuften, das zählt nicht? Und die sechzig Jahre, die waren nicht?»
«Habe ich das gesagt?» fragte Bamba. «Wohnen denn nicht heute tausend Menschen in dem, was du damals noch nicht wissen konntest, und was du nun schon wieder ausgelassen hast?» Und mit einer einladenden Hausherrengeste bat er den Ankömmling, näherzutreten.

Das Pferdchen

«Horch!» flüsterte Mos Geliebte, als unten auf dem Kopfsteinpflaster der molussischen Vorstadtgasse ein müdes Hufklappern näherkam, und sie griff träumerisch nach ihrer Uhr, um diese zu prüfen. «Jeden Morgen um Punkt fünf trottet dieses liebe Pferdchen hier vorbei.»

Auch Mo horchte nun hinaus. Aber ganz traute er dem anheimelnden Geräusch doch nicht.

«Weißt du», fuhr sie dann fort, und sie gab ein kleines beseligtes Gähnen von sich, «solange es Dinge gibt, die sich mit solcher Verläßlichkeit wiederholen, solange haben wir noch keine Ursache, an unserer Welt zu verzweifeln.» Und dem bereits entschwindenden Hufklappern nachlauschend, schlief sie, nachdem sie noch «das gute Pferdchen!» geseufzt hatte, auf Mos rechter Schulter beseligt von neuem ein.

Daß um die Ecke der Pferdemetzger seinen Laden hatte, und daß dieser mit der verläßlichsten Regelmäßigkeit, mit jener Regelmäßigkeit, die es uns erlaubt, an unserer Welt nicht zu verzweifeln, täglich seine frische Ware verkaufte, das wäre ihr zwar, hätte man sie gefragt, genauso wenig unbekannt gewesen wie Mo, nein ihr sogar, da ja auch sie dort regelmäßig einkaufte, noch bekannter als ihm. Aber die zwei regelmäßigen Ereignisse: das täglich sich gleichbleibende Fünfuhr-Geklapper ihres guten Pferdchens, und den täglich sich gleichbleibenden Anblick des enthäuteten Pferdeleibes im Schaufenster ihres Metzgers in Verbindung zu bringen, auf diesen Gedanken war sie noch niemals gekommen.

Einen Augenblick lang verspürte Mo zwar Ungeduld und das Bedürfnis, ihren Kopf von seiner Schulter zu heben, um sie zu wecken, und zwar ganz, und um sie aufzuklären, und zwar ohne jede Reserve. Dann aber überlegte er sich seine Regung doch noch einmal. «Könnte sie denn weiterleben», fragte er sich, während er ihr mit der Linken das Haar aus der Stirne strich, «wenn ich sie ihres guten Pferdchens berauben würde?» Und ließ sie weiterschlafen und ließ das Pferdchen unerwähnt, auch tagsüber, und selbst am Abend, als sie ihm ein duftendes Filet vorsetzte, von dem er wußte, daß sie es in dieser Qualität nur im Laden um die Ecke hatte kaufen können. Und als am nächsten Morgen das Hufgeklapper von neuem näherkam, da war *er* es sogar, der sie weckte, um zu flüstern: «Horch! Fünf Uhr! Unser gutes Pferdchen!»

Sunday school

«Nur einmal zu leben», so sprach der Bazillus, der, seine Sonntagsschulklasse unterrichtend, im dunklen Magen einer Mücke saß; die, ihre Sonntagsschulklasse unterrichtend, im dunklen Magen einer Kröte saß; die, ihre Sonntagsschulklasse unterrichtend, im dunklen Moraste bei Kleinkleckendorf saß – «nur ein einziges Mal zu leben», so sprach der Bazillus, «und ausgerechnet als ein Virus, als einer jener Milliarden von Viren, die, namenlos, von niemandem erwähnt, und selbst uns, in deren Mägen sie vielleicht hausen mögen, unspürbar herumexistieren; und von denen, wenn sie einmal gewesen, niemand mehr wissen wird, *daß* sie gewesen – ein einziges Mal zu leben und dann *so* – seht ihr, Kinder, neben solchem Los ist, was uns zustoßen kann, und wäre es die schwerste Krankheit, die bitterste Armut oder die blutigste Schande, nur eitel Glück und Seligkeit! Welchem Verdienst wir es zuschreiben sollen, oder welcher Gnade wir es verdanken, daß wir, obwohl gewiß auch nicht unsterblich, von diesem Los verschont geblieben sind, und daß wir dieses *eine* Leben, das uns vergönnt wurde, als *wir selbst* zubringen dürfen: einander bekannt und mit Namen ausgestattet und in der nicht grundlosen Hoffnung, daß auch Spätere unser noch gedenken werden – wer uns diese Vergünstigung hat zukommen lassen, und warum gerade uns armen Sündern, das, liebe Kinder, ist ein Geheimnis, das zu lüften wir nicht nur unfähig bleiben, sondern das auch nur lüften zu wollen, bereits ein furchtbares Sakrileg darstellen würde. Keinen Morgen, liebe Kinder, den der Herr uns miterleben läßt, dürfen wir vorübergehen lassen, ohne unsere Augen gen Himmel zu heben, um Ihm dafür zu danken, daß Er uns nicht als Viren hat zur Welt kommen lassen, sondern als nach Seinem Bilde geschaffene Bazillen. Und keinen Tag dürfen wir vorübergehen lassen, ohne uns dieser unverdienten Vergünstigung als würdig zu erweisen. – Erhebt euch, Kinder, um Ihm dies zu geloben. Und hoffen wir, daß Er dieses unser Treuegelöbnis für wert halten werde, zur Kenntnis zu nehmen. – Setzt euch!»

So also sprach der Bazillus, der im dunklen Magen der Mücke saß, die im dunklen Magen der Kröte saß, die im dunklen Morast von Kleinkleckendorf saß. Ob auch nur die winzigste Blase zur Oberfläche des Morasts von Kleinkleckendorf aufgestiegen ist, das weiß ich nicht. Jedenfalls ist mir niemand bekannt, dem das Aufsteigen einer solchen Blase aufgefallen wäre.

Wir Anonymen

Die Insel, auf die die zwei Schiffbrüchigen Jo und Je verschlagen worden waren, war nicht nur menschenleer, sondern, da ihre Existenz niemandem zuvor bekannt gewesen, sogar namenlos. Aber Jo und Je schien das nicht anzufechten, umgekehrt schienen sie genau zu wissen, was in einer derart unalltäglichen Lage zu tun geboten war. Noch ehe sie ihre dürftigen Schilfhütten im Rohbau fertiggestellt hatten, hatten sie nämlich eine Wochenzeitung gegründet; und dieser, so als kämen andere Namen überhaupt nicht in Frage, den Namen ‹Der Neubau› gegeben. Natürlich verursachte die Durchführung dieses Projektes an einem so wenig fortgeschrittenen Platze tausend Scherereien – aber vor diesen scheute weder Jo zurück noch Je, im Gegenteil, sie waren froh darüber, eine Aufgabe zu haben, der sie sich widmen konnten, sogar eine geistige. Und ebensowenig verdroß es sie – ein Gedanke, der minder Zielbewußte gewiß völlig entmutigt hätte – daß die Zahl der Neubau-Leser selbst bei bestem Gelingen ihres Planes die der Neubau-Autoren niemals würde übersteigen können. Wenig erstaunlich also, daß sie nach einer Woche bereits so weit waren, strahlend die erste feuchte Nummer in der Hand halten zu können; und daß sie von diesem Tage an nichts so sehr liebten wie sich am Wochenende in Leser zu verwandeln, in völlig ahnungslose und uninformierte Leser, und nun als solche träumerisch am Wasser zu sitzen, in ihrer Zeitung herumzublättern, einander auf interessante Beiträge aufmerksam zu machen oder ihre Vermutungen darüber auszutauschen, wer wohl diesen oder jenen, pseudonymen oder nur abgekürzt signierten Brief an die Schriftleitung verfaßt haben könnte. Da sie als höfliche Menschen von der ersten Nummer an stillschweigend die Regel befolgt hatten, einander nur in anerkennendem Tone zu erwähnen und Kritiken, sofern solche wirklich einmal unvermeidbar waren, nur zwischen den Zeilen durchschimmern zu lassen, gelang es ihnen rasch, ihre Exilsschwermut zu überwinden, nein, sich sogar in eine solche seelische Gesundheit hineinzusteigern, daß sie nun überzeugt davon waren, nie zuvor so völlig zuhause gewesen und so durch und durch verstanden worden zu sein wie hier in ihrer zweiten Heimat. Kein Wunder also, daß sowohl Jo wie Je, ohne daß irgendein Wort darüber jemals gewechselt worden wäre, den denkwürdigen Tag, an dem ihr glücklicher Schiffbruch sich jährte, dazu benutzten, um in unzweideutigen, zugleich kraftvollen wie demütigen Leit-

artikeln der Loyalität zu ihrem zweiten Vaterland Ausdruck zu verleihen und um einander für die Ehrenbürgerschaft ihrer Insel zu proponieren.

Umschmieden

Nachdem er die zweitausend Schwerter und Spieße seiner Landsknechte durch neunhundert Musketen und hundert Kanonen hatte ersetzen lassen, ergriff der Landesfürst die Rechte seines Bischofs. «Nun sind wir soweit», sprach er, während zehn Böllerschüsse die große Stunde des Triumphs, auf die sie seit einundeinhalb Jahrtausenden gehofft hatten, feierlich besiegelten, «nun erfüllen sich Ihre schönsten Träume. Denn nun dürfen wir unsere Schwerter wirklich in Pflugscharen umschmieden.»

Die Liebesnacht

Auf die Frage, wie er die Noblesse seiner Gedichte erklären könne, erwiderte der Dichter Li mit folgendem Bericht über seine Herkunft:
In Peking lebten zwei hochwohlgeborene Fremde, ein prinzlicher Diplomat aus dem Norden und eine gräfliche Dame aus dem Süden, die, obwohl sie einander immer nur aus der Entfernung hatten Zeichen geben können, für einander entbrannt waren. Die Maschen der Hofgesellschaft waren aber so eng gezogen, daß die Zwei sich fünf Jahre lang gedulden mußten, ehe sie ein wirkliches Stelldichein verabreden konnten. Als nun endlich die seit so langem ersehnte Nacht bevorstand – jeder Schritt war durchdacht, und die Diener des Gasthofes, in dem der hohe Herr eine Suite reserviert hatte, waren aufs freigebigste bestochen worden – da geschah es, daß die gräfliche Dame aus dem Süden, erschöpft von den Jahren ihrer ungestillten Sehnsucht, und aufgerieben von den Gefahren der Vorbereitungen dieses Treffens, von ihrer Kraft im Stich gelassen wurde und sogar ihre Begierde verlor – kurz: daß sie sich unfähig fühlte, ihrem Versprechen nachzukommen.
«Was soll ich nur tun?» jammerte sie am Halse ihrer jungen Zofe. «Fünf Jahre wartet er nun auf diese Nacht. Wer weiß, ob sich eine zweite Gelegenheit noch einmal bieten wird!» Und sie war verzweifelt.

«Da haben Sie vollkommen recht», meinte die Zofe munter. «Im Stich lassen können wir unseren Prinzen nun nicht mehr.»
«Wir?» fragte die Herrin überrascht, und: «Unseren?»
«Gewiß», sagte das Mädchen. «Warum schicken Sie denn nicht mich? Besser als keine bin ich gewiß.»
Wenn nicht sogar besser als ich, dachte die gräfliche Dame.
«Daß er mit Ihnen zufrieden sein soll», fuhr die Zofe fort, «das kann ich Ihnen schwören.»
«Mit mir?» fragte die Herrin.
«Gewiß», antwortete das Mädchen. «In mir wird er ja Sie lieben.» Und ohne auf weitere Erlaubnis oder Ermutigung zu warten, begann sie, sich zu entkleiden, zu salben, zu parfümieren und in jenes Kleid zu schlüpfen, das sie für ihre Herrin zurecht gelegt hatte. Und war verwandelt, ehe Widerspruch noch hatte lautwerden können. «In Ordnung?» fragte sie schließlich.
«Es scheint so», hauchte die gräfliche Dame, und einen Augenblick lang war sie wohl beinahe überzeugt davon, daß sie selbst es war, die da jung und hübsch vor ihr stand. Auf jeden Fall begann sie, so als memoriere sie die Namen für sich selber, dem Mädchen die Adresse des Gasthofes einzusagen, das Stockwerk und die Zimmernummer und ihr das verabredete Klopfzeichen beizubringen, das nur er, der Prinz, verstehen würde. Und als das Mädchen draußen war, auf dem Wege zu ihrer Liebesnacht, da fühlte sie sich erleichtert.
Leider war der Gasthof, in dessen Suite 17 der Liebhaber auf und abwanderte, ein dunkles, altmodisches und vieltüriges Gebäude. Es war daher kein Wunder, daß sich das junge Ding, obwohl sie, von Türe zu Türe tappend, bis 17 gezählt zu haben glaubte, in der Klinke versah. Und ebensowenig wunderbar war es, daß sie den Armen, die aus dem Dunkel nach ihr griffen und sie ins Bett hinunterzogen, keinen Widerstand leistete. Daß diese Arme nicht dem Prinzen gehörten, das wußte sie ebensowenig, wie des Herren Bursch es ahnte, daß es nicht seines Herren Herrin war, die er da in seine Arme schloß. Da sie ihn für den Prinzen nahm und ihre heimliche Erhöhung genoß; und da er sie für die Gräfin nahm und deren heimliche Erniedrigung genoß; und da beide es genossen, zu wissen, daß ihre Herrschaften auf diesen Genuß zu verzichten hatten, wurde es eine ausgiebige Liebesnacht, in der sie es wirklich so trieben, als hätten sie sich seit fünf Jahren für einander aufgespart. Und jeder von ihnen war von dem Feuer des Anderen überrascht, denn solches Feuer hatten sie in den

Adern von Adligen nicht mehr für möglich gehalten, und beide waren des Lobes voll.

Daß diese Nacht Folgen hatte, das ist nur natürlich. Und daß der Sohn, dem die Zofe nach neun Monaten das Leben schenkte, der Sohn, den der Prinz erhofft und die Gräfin erträumt hatte – daß dieser Sohn *ich* bin, das geht noch mit rechten Dingen zu. Schwerer erklärbar ist allerdings die Ähnlichkeit, die lächerliche Ähnlichkeit, die mich mit dem Prinzen, der nicht mein Vater war, und mit der Gräfin, die nicht meine Mutter war, verbindet; und die offenbar so frappierend und so unbestreitbar ist, daß, wer immer meine angeblichen teuren Eltern gekannt hat, mich auf Grund dieser Ähnlichkeit auf der Straße anspricht.

Und doch, von einem Mysterium kann hier wohl keine Rede sein. Meine Gegner behaupten zwar, diese Ähnlichkeit bezeuge den Hohn des Himmels, und meine Freunde, sie beweise das Erbarmen der Götter. Aber glaubhaft scheint mir weder die eine noch die andere dieser Deutungen, da beide meiner Person, wie mir scheint, viel zu viel Wichtigkeit beilegen. Was ich vermute, ist vielmehr, daß es den zuständigen himmlischen Stellen einfach nicht gelohnt hat, der Angelegenheit allzuviel Aufmerksamkeit zu schenken. Da nämlich die Liebesnacht meiner leiblichen Eltern fast wirklich jene Nacht gewesen ist, die der Herr und die Dame solange ersehnt, und die Götter vielleicht beiläufig mitgeplant hatten; wahrscheinlich sogar eine feurigere Liebesnacht, kam es den Göttern auf den Unterschied zwischen dem, was sie entworfen hatten und dem was stattdessen geschehen war, so genau nicht an. Wie recht sie damit hatten, das wird nun klarer von Tag zu Tag. Und je älter ich werde, desto mehr verblassen die Bilder meiner zufälligen Eltern, während die Bilder meiner eigentlichen seit langem schon meine Wohnung zieren. Die Dialekte meiner zufälligen Eltern zu sprechen, bin ich völlig unfähig, während sich das reine Chinesisch meiner eigentlichen Eltern auf meiner Zunge wie von selbst zu Gnomen formt und zu Gedichten. Und trotzdem könnt ihr froh darüber sein, daß ich so zur Welt gekommen bin, wie ich zur Welt gekommen bin. Denn daß zwei Adlige in der Lage gewesen, einen so Adligen zu erzeugen, das habe ich in meinem langen Leben nicht ein einziges Mal erlebt. Der Betrug ist die Rettung. Und ihm allein verdankt ihr meine Gedichte.

Freiheit

«Wenn wir die Freiheit genießen», so schloß der molussische Philosoph Ydd einen seiner Aufsehen erregenden Aufsätze, «in den Kulturteilen der großen molussischen Blätter die Wahrheit zu schreiben, so nicht nur aus dem schändlichen Grunde, weil unser Staat es sich erlauben kann, uns Geistigen Narrenfreiheit einzuräumen, sondern auch aus dem noch schändlicheren, weil unsere Regierung die Produktion von Ventilen für erwünscht hält, wenn nicht sogar aus dem noch schändlicheren, weil sie deren Existenz für notwendig erachtet.»
Diesen Aufsatz schickte Ydd, kaum daß er hinter dem Worte ‹erachtet› den Schlußpunkt gesetzt hatte, an ein der Regierung nahestehendes Blatt – und siehe da: schon am nächsten Morgen war seine Wahrheit dort veröffentlicht; und schon am übernächsten Morgen traf das Honorar ein, über dessen Höhe er sich nicht zu beklagen brauchte.

Fortschritt

Als der amerikanische Ingenieur Kenneth E. Woodwarth eine Sekunde nach seinem Verscheiden vor dem Schalter jener Station stand, an der sich die Schienenstränge gabeln, und wo die Reisenden ihre Fahrkarten für die letzte Reiseetappe, in den Himmel oder in die Hölle, in Empfang zu nehmen haben, da studierte der Beamte gerade dessen Dokumente.
«Also los!» drängte Mr. Woodwarth, «mein Fall liegt ja klar. Sie sehen ja selber, daß ich mein Leben lang dem Fortschritt gedient habe!»
«Das bezweifelt hier auch niemand», versicherte der Schalterbeamte gemächlich. Und während er hier etwas unterstrich und dort etwas abhakte: «Worauf es uns ankommt, ist natürlich nur, welchem Dinge Sie zum Fortschritt verholfen haben.«
«Was?» rief da Mr. Woodwarth aus. «Welchem Dinge? Und was ist denn so natürlich daran?» Und dann, wegwerfend: «Als wenn Fortschritt nicht Fortschritt wäre!»
Der Beamte blickte langsam auf, seine Augenbrauen hoben sich. «Wirklich?» meinte er, in echtem oder gespieltem Erstaunen. «Eine ziemlich reaktionäre These, muß ich schon sagen.»

«Los, los, los!» rief da Mr. Woodwarth, der vermutlich, hätte er diesen Vorwurf aufgefaßt, tief gekränkt gewesen wäre, aber er war viel zu ungeduldig. «Los! Es ist höchste Eisenbahn!»
«Immer mit der Ruhe!» meinte der Beamte. «Schließlich gibt es hier nicht nur eine einzige Eisenbahn. Und seien Sie lieber dankbar für jede zusätzliche Sekunde, in der Ihre Eisenbahn noch nicht abfährt. *Ihre*, meine ich.» Und überreichte Mr. Woodwarth die Fahrkarte, die für diesen gewiß schon längst bereitgelegen hatte.

«Der Waffentechniker Kenneth E. Woodwarth, angestellt bei der amerikanischen Armee, entwickelte ein eigenes Kunstherzmodell, das von sogenannten ‹Flüssigkeitsreglern› gesteuert wird.»[1]
Waffentechniker – Kunstherzmodell.
Offenbar ist es für einen solchen Techniker vollkommen gleichgültig, ob er als Waffenexperte und Menschenfeind ein Gerät entwirft, mit dessen Hilfe er den Herzschlag seiner Mitmenschen aufs fortschrittlichste am Fortschreiten verhindern, also zum Stillstand bringen kann; oder ob er als Organ-Imitator und Menschenfreund ein fortschrittliches gadget konstruiert, mit dessen Hilfe er den Herzschlag seiner Mitmenschen aufs fortschrittlichste fortschreiten, wenn nicht sogar ewig arbeiten, lassen kann. Gleich, ob sich der Mann nun gerade mit der Aufgabe A oder mit der Aufgabe B beschäftigt, in beiden Fällen bleibt er ja innerhalb seines ‹field of interest›, in beiden Fällen steht er ja vor Problemen, die zu lösen ihm Spaß macht; für beide Arbeiten wird er ja anständig bezahlt, vielleicht für die Beschäftigung mit Aufgabe A um eine Spur besser als für die Beschäftigung mit Aufgabe B oder umgekehrt, davon hängt es dann ab, ob er sich fortschrittlich *für* die Herzen einsetzt oder *gegen* die Herzen – gleichviel, unter allen Umständen hält er mit seiner fortschrittlichen Tätigkeit seine bürgerliche Stellung und sein Prestige aufrecht; ob er, wenn er, redlich müde mit Frau und Kindern vor dem Fernsehschirm sitzend, brennende Vietnamkinder oder Dr. Barnards herzliches Auftreten genießt, aus dem Herztod-Labor nach Hause gekommen ist oder aus dem Herzbelebungs-Labor, das weiß er nach fünf Minuten schon nicht mehr genau, my darling is my darling, my kids are my kids, my hobby is my hobby – und was die Entscheidung darüber betrifft,

[1] Spiegel 15. 1. 68, S. 92.

ob und wie oft seine gadgets, gleich ob die Herztod-Gadgets oder die Herzbelebungs-Gadgets, Verwendung finden werden, so gilt ja in beiden Fällen, daß diese nicht in seinen Händen liegt.
Nun, unterdessen ist Mr. Woodwarth in jener Gegend, für die er das Ticket in Empfang genommen hat, vermutlich längst schon zuhause, und es würde mich nur wenig verblüffen, wenn er nicht bereits damit beschäftigt wäre, abwechselnd durch Entwurf fortschrittlicher Höllengadgets die Pein seiner Leidensgenossen zu steigern und diese durch die Konstruktion von Linderungsinstrumenten zu besänftigen. Wer sich darauf beschränkt, zu behaupten, Mr. Woodwarth werde es niemals verstehen, warum er in den Zug nach unten, statt, wie er es erwartet hatte, in den nach oben verwiesen worden sei, der macht sich die Sache viel zu leicht. Wahr ist vielmehr, daß er noch niemals bemerkt hat, daß er unten angekommen ist.

Untreue

Menander und Kalliope, die einander nicht nur treu waren, sondern garnicht wußten, wie sie einander hätten untreu werden können und warum sie einander hätten untreu werden sollen – Menander und Kalliope hatten die ganze Nacht über Mund an Mund und Brust an Brust gelegen. Er hatte sie seit acht Stunden fest in seinem Arm gehalten, und sie verläßlich vor nichtexistierenden Gefahren geschützt, als er von ihrem Wimmern erwachte.
«Warum weinst du denn?» flüsterte er.
Aber sie wimmerte weiter, denn sie träumte weiter, und hörte ihn nicht und wußte nichts von ihm.
Behutsam blies er ihr ins Gesicht, bis sie ihre Lider aufschlug. Aber ihre Augen bewiesen ihm deutlich, daß sie, sofern sie überhaupt schon etwas sahen, nicht glaubten, was sie sahen. «Du?» fragte sie schließlich.
«Wer denn sonst?»
«Du bist also zurückgekehrt?»
«Zurückgekehrt? Von wo denn?»
«Weiß ich!» antwortete sie, noch einmal tief seufzend, aber doch auch schon ein wenig verschämt, da es ihr nun wohl doch schon zu dämmern begann, daß

sie nur geträumt hatte. «Aber du hattest mich doch verlassen! Und du warst mir doch untreu!»
«Ach so», meinte er. «Das war mir nicht so gegenwärtig. Mit wem hatte ich denn das Vergnügen?»
«Weiß ich? Woher soll *ich* denn das wissen!»
«*Das* nenne ich mir Treue», brummte er da, scheinbar böse.
«Was?»
«Nun, daß du mich als Luft behandelst!»
«Ich dich?»
«Wer denn sonst? Da halte ich dich von Abends bis Morgens in meinem rechten Arme, und du schläfst ein, mein Arm wird lahm, aber ich rühre ihn nicht. Und wie Wurzeln in Wurzeln liegen deine Beine in den meinen, aber ich befreie sie nicht – für dich aber bleibt das alles Luft. Für dich weile ich währenddessen irgendwo in weitester Ferne. Wie nennst *du* denn das? Wie soll *ich* denn das nennen? Treue vielleicht? Dankbarkeit vielleicht?»
«Untreu bin also *ich* gewesen?» fragte sie, und von dieser Wendung der Dinge, die ihn von Schuld absolvierte, schien sie geradezu begeistert.
«Wenn Angst Untreue ist», antwortete er, «dann ja.»
«Und», fragte sie flüsternd, «*ist* Angst Untreue?»
Aber darauf antwortete er nicht mehr in Worten. Und dann erwachten sie erst wieder, als die Sonne im Zenit stand.

Schwere Wahl

«Umgang mit Menschen soll mir gut tun?» fragte der uralte und bereits völlig vereinsamte Philosoph Li, nachdem der Arzt ihn beklopft und für gesund erklärt, ihm aber empfohlen hatte, auch etwas für sein seelisches Wohlergehen zu tun und aus diesem Grunde mindestens einmal im Monat einen Kollegen zu sehen.
«Welche Art von Kollegen empfehlen Sie denn?»
«Das überlasse ich natürlich vollkommen Ihnen.»
«Dann werde ich wohl allein bleiben müssen», antwortete Li. «Denn es gibt nur zwei Klassen von Kollegen. Solche, die mich abschreiben. Und solche, die das nicht tun. Die das tun, die langweilen mich. Und die das nicht tun, die be-

weisen damit, daß sie nicht wissen, worum es heute geht. Sie inbegriffen.» Und entließ ihn.

Wir

Das Öchslein trottete neben dem Ochsen. Plötzlich sperrte es sich und begann zu würgen.

«Was gibt's?» fragte der Alte.

«Da!» hauchte das Öchslein. Vor seinen Hufen lag stinkend der Kadaver eines Hundes.

«So what!» brummte der Ochse.

«Los!» rief der Knecht, der die beiden vor sich her trieb.

«Los!» wiederholte der Ochse selbstbewußt und setzte sich von neuem in Gang.

«Ich meinte ja nur», flüsterte das Öchslein, wieder mittrabend, «haben auch *wir* vielleicht etwas derartiges zu erwarten?»

«*Wir!*» wiederholte der Alte höhnend. «Bist du vielleicht je auf einen toten Ochsen gestoßen?»

«Das ist freilich wahr», gab das Öchslein zu, obwohl es ihm ganz behaglich bei diesem Zugeständnis doch nicht war.

«Siehst du», brummte der Ochse.

«Halt!» rief der Knecht, da sie das Tor zur Metzgerei nun erreicht hatten.

«*Wir!*» brummte der Ochse, seinen Kopf schüttelnd, noch einmal.

«Los!» rief der Knecht, der das Tor nun aufgesperrt hatte.

Die armen Primzahlen

«Was ist los?» fragte der alte Gauß seinen Buben, den er in Tränen aufgelöst fand. «Ein Junge heult nicht.»

«Wegen der Primzahlen!» schluchzte der.

«Ganz gesund, mein Junge!» meinte der Vater, «ganz gesund, daß es doch noch was gibt, was du nicht rauskriegst!»

«Aber ich *hab's* ja rausgekriegt!»

«Du *hast's* rausgekriegt? Und warum heulst du dann?»

«Weil sie kein Streuungsprinzip haben!»
«Wer?»
«Nun, die Primzahlen.»
«Auch ein Grund zum Heulen. Auf Deutsch: du hast das Prinzip nicht finden können.»
Der Junge zuckte so respektlos mit den Schultern, daß er sofort eine hinter den Ohren hatte. «Aber wenn ich nichts gefunden hätte», erklärte er, sich die brennende Backe haltend, «dann würde ich doch nicht heulen!»
«Sondern?»
«Weitersuchen würd ich. Aber was ich gefunden habe, ist eben, daß es *kein* Prinzip gibt. Weil es keins geben *kann*.»
Nun war es der Vater, der mit den Achseln zuckte. «Und?» fragte er. «Dann ist doch alles in Ordnung!»
«Was!» rief der Junge fassungslos. «Ja glaubst du vielleicht, das macht denen Spaß? So rumzustehen bis ins Unendliche? Den Primzahlen? Und hie und da verstreut zu sein ohne jedes Prinzip?»
Woraufhin der Vater die Tür hinter sich zuschlug. Denn Tränen des Mitleids waren ihm zuwider.

Das Physikbuch

Als der Vater und sein Sohn, die auf der schon trockenen Landstraße durch die Märzsonne gewandert waren, einen schattigen, von hohen Fichten umsäumten Wegabschnitt erreichten, da mußten sie durch knöcheltiefen Schneematsch waten. «Siehst du», meinte der Vater, «in der Natur ist alles erklärbar. Da hättest du nun also die Regel, die du aus deinem Physikbuch kennst: der Schnee schmilzt erst dann, wenn die Temperatur über Null ansteigt.»
«Weiß ich», antwortete der Sohn. Der Ton, in dem er das sagte, bewies freilich daß ihm die Sache trotzdem nicht geheuer war.
«Aber?» fragte der Vater.
«Aber woher kennt der Schnee diese Regel?»
«Der Schnee?»
«Ja, willst du mir vielleicht weismachen, daß alle diese Millionen von Flocken mein Physikbuch gelesen haben? Und daß sie alle diese Regel kennen?»

«Das freilich nicht.»
«Siehst du. – Und selbst *wenn* sie die Regel kennen würden . . .»
«Nun?»
«Warum sind sie alle so ekelhaft gehorsam?»
«Das», begann der Vater, aber weiter kam er nicht.
«Was würde zum Beispiel geschehen», fuhr der Sohn, ermutigt durch seines Vaters Schweigen, fort, «wenn eine der Flocken sagen würde: ‹Das Physikbuch geht mich einen Dreck an!› Und wenn sie streiken würde?»
Da schwieg der Vater betreten. Und wagte seinen Mund erst in demjenigen Augenblicke wieder aufzumachen, in dem sie aus dem Walde heraustraten, und der Boden unter ihren Füßen wieder fest wurde. «Siehst du», meinte er da, etwas erleichtert.
«Natürlich sehe ich», antwortete da der Sohn. «Aber wenn du glaubst, ich sehe, warum . . .»

Lieber nie als kontingent

Wieder einmal hatte der Gott Bamba eine neue Kreatur geschaffen, eines jener Wesen, die, obwohl sie niemals hatten vorausgesehen werden können, nach ihrer Erschaffung sofort absolut überzeugend aussehen. Nachdem Bamba dieses Stück geschaffen, zog er sich mit automatischem Griff aus dem neben ihm stehenden Kübel, in dem er die für seine neuen Kreaturen vorbereiteten Iche aufbewahrte, eines der Iche heraus, das erste beste, das obenauf lag, um dieses in sein neues Produkt hineinzuschieben, damit dieses ‹ich› von sich sagen könnte. Der Griff, mit dem Bamba Iche in seine Kreaturen hineinzuschieben pflegte, glich dem des Geflügelzüchters, der seine Gänse mästet und mit dem Nudelstock dabei nachhilft. Aber siehe da: dieses Ich begann zu strampeln und sich zu sperren. «Die da», schrie es, und es stieß mit seinen Füßen in das Gesicht der Kreatur, in deren Mund es nun, um deren Ich zu werden, hineingestopft werden sollte, «die da soll vielleicht *ich* sein? Und ein einziges Mal soll ich dasein, und dann ausgerechnet als *die* da? Als diese Kreatur da? Die kenne ich ja überhaupt nicht! Mit der habe ich ja überhaupt nichts zu tun! Und wenn ich ‹*ich*› sage, dann soll ich vielleicht ausgerechnet *die da* meinen? Oder dann soll ausgerechnet die da *mich* meinen? Und wenn sie mich meint, glauben, sich selber

zu meinen? Kommt ja garnicht in Frage! Und wenn diese Kreatur da einmal krepiert, dann soll ich vielleicht mit ihr zusammenkrepieren? Ich denke ja garnicht daran!» Und trat noch einmal diesem armen Wesen, das doch wahrhaftig nicht das mindeste dafür konnte, denn es war ja überhaupt nicht gefragt worden, ins Gesicht, so daß es nun aus Nase und Mund blutete. «Bedaure!» kreischte es, «aber da werden Sie sich wohl schon ein anderes Ich aus dem Kübel holen müssen!» Sonderbarerweise war der Gott Bamba solcher Widerspenstigkeit nie zuvor begegnet. Und da er nicht recht wußte, wie man derartige Fälle von ‹außerparlamentarischer Opposition› behandelt, warf er das streikende Ich zurück in den Eimer und griff sich ein anderes, das – er atmete auf – auch wirklich nicht die mindesten Geschichten machte.
Die Überlieferung behauptet, daß jenes Ich, das gestreikt hatte, seit jenem Streiktage als ältestes aller Iche mit Genugtuung beobachtet habe, wie die viel jüngeren Iche in niemals abbrechender Reihe von Bamba aus dem Kübel gefischt und beliebigen seiner Kreaturen eingefüttert worden seien. Und ferner, daß Bamba ihm zuweilen höflich zugeredet habe, die Legierung mit einer seiner Kreaturen doch noch einmal zu versuchen, daß dieses aber regelmäßig geantwortet habe: «*lieber nie als kontingent*». Und daß Bamba diese Prinzipientreue schließlich sogar respektiert habe.

Selber denken

Als A. auf einer seiner Studienfahrten durch die Kultureinrichtungen Molussiens einen modernen Kindergarten in Penx betreten wollte, da stutzte er auf der Schwelle, denn obwohl das Klassenzimmer leer vor ihm lag, empfing ihn der schnarrende Befehl «*Selber denken!*» Die progressive Lehrerin, die ihn führte, schien sein Erstaunen vorausgesehen zu haben und an diesem ihr Vergnügen zu finden. «Treten Sie nur ruhig näher», meinte sie lachend und wies auf einen vom Plafond hängenden Käfig, in dem ein grüner Papagei saß, der nun seinen rosa Schnabel leidenschaftlich an einer der Stangen wetzte, «solche Erziehungsvögel halten wir nun in mindestens hunderttausend Kindergärten.» – A. traute seinen Augen nicht. «Und Sie meinen», fragte er schließlich, «das wird nutzen?» – «*Selber denken!*» antwortete der Papagei. Und: «Welche Frage!» das muntere Mädchen. «Glauben Sie vielleicht, Kinder in so zartem Vorschulalter könnten sich solcher täglichen Mahnung entziehen?» – «Und Sie halten es für wünschenswert», fuhr A. fort, «daß eure Kinder zu Menschen werden durch tierische Münder?» – «*Selber denken!*» wiederholte der Erziehungsvogel, während die Lehrerin erst einmal stumm blieb. «Durch tierische Münder?» fragte sie dann schließlich ungläubig zurück, «ja wo denken Sie denn hin? Oder sollten Sie im Ernst so naiv sein, anzunehmen, wir seien so zurückgeblieben, *echte* Papageien zu verwenden?»

Das Zwischenreich

Ein indischer Händler pflegte alljährlich den Antwerpener Ramschmarkt zu besuchen, um dort schadhafte oder unmodern gewordene Kruzifixe, Heiligenfiguren und andere Devotionalien, die in Europa bereits zu Ladenhütern geworden waren, en gros aufzukaufen und diese in den entlegensten Provinzen seines entlegenen Landes als Kunstwerke zu verkaufen.

Der Zufall wollte es, daß auf dem Schiffe, auf dem er dem Morgenlande entgegensegelte, auch ein Missionar gen Osten fuhr, um seine Tätigkeit dort aufzunehmen. «Wenn ich mir eine Frage erlauben darf», begann der Geistliche eines Morgens, als sie an Deck einander begegneten.

Der Händler machte eine einladende Geste.

«Was treiben Sie eigentlich mit diesen Stücken? Verkaufen Sie sie als Altmetall? Oder schmelzen Sie sie ein?»

Der Inder tat äußerst überrascht. «Da sei Brahma davor!» rief er.

Dieser Aufruf verwirrte den geistlichen Herrn. «Entweder glaubt man, oder man glaubt nicht», meinte er.

«In der Tat eine erstaunliche Alternative!» fand der Händler kopfschüttelnd. «Wüßte ich nicht, mit wem ich spreche, beinahe würde ich sagen: eine sakrilegische Alternative! Wenn ich nur begreifen könnte, wie Ihnen ein solches Entweder-Oder hat in den Sinn kommen können.»

Das Wort ‹sakrilegisch› verwirrte den Missionar noch tiefer. «Ich meinte nur», flüsterte er unsicher, «Sie als Ungläubiger . . .»

«Als Ungläubiger?» rief da der Händler, um den Geistlichen noch perplexer zu machen. «Im Gegenteil! Ganz im Gegenteil!»

«Was im Gegenteil? Sie sind also kein Ungläubiger?»

«Das hängt natürlich ganz davon ab, welche Dogmen Sie momentan im Auge haben», erklärte der Händler. «Jedenfalls lasse ich die schadhaften Stücke, ehe ich sie verkaufe, ausbessern.»

«*Sie* lassen sie ausbessern?»

«Wer denn sonst?» fragte der Händler. «Oder sollten etwa auch Sie dem üblen materialistischen Glauben huldigen, daß es der Stoff sei: das Holz oder das Blech, was diesen Stücken ihren Wert verleiht?»

«Da sei Gott davor!» wehrte der Missionar ab. «*Ich* gewiß nicht.»

«Na sehen Sie», schloß der Inder breit. «Und ich eben genauso wenig. Fertigwaren, solange diese als solche ihren Wert noch nicht verloren haben, als Rohstoff zu verkaufen, das würde den fundamentalsten Grundsätzen meiner Moral widersprechen. Ganz abgesehen von der Kulturlosigkeit, die das darstellen würde. Müssen wir denn so unsubtil sein, Ihre Heiligen, wenn wir deren Heiligkeit nicht anerkennen, gleich als Schrott oder Brennholz zu klassifizieren?»

«Auch da sei Gott davor!» rief der Geistliche.

«Sehen Sie! Wozu, glauben Sie denn, hat Brahma das Reich der Kunst geschaffen? Das Zwischenreich?» Und nahm, nachdem er sich tief verbeugt hatte, seinen Deckspaziergang von neuem auf.

Truman

«Unruhige Nächte?» wiederholte Scipio, als er am Jahrestage der Schleifung Karthagos interviewt wurde, «unruhige Nächte? Warum denn? – Ach so, deshalb. Nein. Nichts dergleichen. Fragen Sie meine Frau. Wie ein Klotz schlaf ich. Was wohl ausreichend beweist, daß ich nichts auf dem Gewissen habe. Und daß ich nichts auf dem Gewissen habe, das beweist wohl ausreichend, daß das Ding damals in Ordnung gewesen ist. – Noch eine Frage?»

«Glaubt nicht», bemerkt dazu Blasianus, «daß dieses Argument des Scipio teuflisch gewesen sei. Es war viel schlimmer. Wenn er, als er die Schleifung Karthagos ein ‹Ding› nannte, geblinzelt hätte, dann dürften wir ihn noch als Zyniker einordnen, dann könnten wir ihn noch in flagranti seiner Schlechtigkeit ertappen. Aber diese mildernden Umstände können wir ihm nicht zubilligen. Und zwar deshalb nicht, weil er – darin stimmen die Meinungen aller Chronisten überein –

trotz seiner prominenten Stellung ein einfacher und biederer Mann geblieben war, und Biederkeit die Möglichkeit von Zynismus ausschließt. Also bleibt keine andere Deutung als die, daß er sein Argument wirklich ehrlich gemeint hat, wirklich ernst, wirklich unschuldig. – In anderen Worten: Wenn er sich für gewissenhaft hielt und für einen untadeligen Ehrenmann, so gerade auf Grund seines Defektes; gerade weil er zu phantasielos, weil er zu hartherzig, weil er zu harthörig war, als daß er den Ruf des Gewissens hätte vernehmen können. Es gibt nichts Entsetzlicheres als Biederkeit.»

Was Kohle so glaubt

«Bilde dir nur nichts ein!» verhöhnte die Kohle den Diamanten. «Hätte ich ein so unbelastetes Leben geführt wie du, ich würde nicht weniger blitzen.»
«Im Gegenteil», sprach der Diamant.

Zweimal weinen

Als König Gey gehört hatte, was von seinem gestern noch strahlenden Heere übrig geblieben war, da setzte er sich an der Mauer nieder, und heulte. Und da seine Söhne gefallen waren, und die Ehre seines Gottes verspielt war, heulte er furchtbarer, als er je in den Jahren seines langen Lebens geheult hatte. – Da traten die Höflinge aus ihren Türen und umstanden ihn.
«Unser König ist ein Sänger geworden», meinte einer. – «Solange wir noch solche Schönheit haben», ein zweiter. – «Hat Majestät das Trauerlied soeben gedichtet?» ein dritter. – So standen sie um ihn und schmeichelten und genossen. Und einige weinten sogar mit ihm und gaben zu verstehen, daß sie sich erhoben fühlten und erlöst.
Als aber König Gey am Ende seiner Kräfte angelangt war, erhob er langsam sein gerötetes Gesicht und erkannte erst jetzt, daß er Zuhörer gehabt hatte; und wußte erst jetzt, daß man ihn etwas gefragt hatte. «Trauerlied?» wiederholte er, «gedichtet?»
Sein Gesicht aber war verzerrt von solchem Entsetzen, daß sie alle zurücktraten, und keiner wagte, ein weiteres Wort an ihn zu richten.

Da weinte König Gey zum zweiten Male. Und weinte er diesmal auch beinahe unhörbar, so weinte er doch noch verzweifelter als zuvor. Denn diesmal beweinte er nicht die Nichtigkeit der Toten, sondern die der Lebendigen.

Das Unerreichbare

Luxuriös dinierend überflogen wir die Arktis. Als wir während des Mokkas gelangweilt aus den Fenstern unserer Bar hinunterblickten, tauchten für den Bruchteil einer Sekunde ein paar schwarze Punkte auf. «Was Sie da eben gesehen haben», kommentierte eine Stimme aus der Kanzel, «waren Nansen, Johansen und deren Schlittenhunde. Nach einer Schleife werden die Objekte sofort noch einmal auftauchen, diesmal links unten. Apparate bereithalten!» («What for?» brummte ein Passagier. «Who are those guys anyhow?» ein zweiter. «Did they make it?» ein dritter.)

Einen Augenblick lang erwog ich, darum zu bitten, eine Zwischenlandung zu wagen, um die Ärmsten mitzunehmen. Aber abgesehen davon, daß wir pilotenlos flogen, im Vergleich zur Geschwindigkeit unseres Flugzeuges war meine Erwägung natürlich viel zu langsam; die Schleife war bereits absolviert, und die Punkte lagen schon kilometerweit hinter uns. Und vermutlich war das auch gut so, denn ob es den zwei sich unendlich Abmühenden gut getan hätte, ihr Ziel so plötzlich und so beiläufig zu erreichen, nein, es noch nicht einmal zu erreichen, sondern es zu überfliegen, ohne es zu berühren, das scheint mir nun doch reichlich fraglich. Wir hätten sie um ihre Mühen wohl betrogen. Schon nach wenigen Minuten hatten wir jedenfalls, wie die Kunststimme mitteilte, den Pol unter uns, und im nächsten Augenblick das Ziel unserer Väter vergessen.

Wie leicht man auch in die Versuchung geführt werden könnte, anzunehmen, daß die unendliche Anstrengung Nansens und Johansens, den Pol zu erreichen, nun im Binnenraum unserer Welt liege, dieser Glaube wäre irrig. Die Zwischenlandung hätte, wie ich von einem Electronic Brain soeben erfahre, niemals bewerkstelligt werden können. Obwohl die Stelle, an der wir Nansen sahen, innerhalb unserer endlich gewordenen Weltstube zu liegen scheint, bleibt sie absolut außerhalb. Denn es gibt nicht nur die Unerreichbarkeit des Transzendenten, sondern auch die des Transzendierten.

Die Souveränen

«Wir haben nur Tendenzdichter im Lande», klagte L. «Wahrhaftig, das ist das Ende!»

«Sie haben gut klagen!» antwortete A. «In unserem Lande sind wir viel schlimmer dran. Wir haben nämlich ausschließlich Tendenzbäcker, die – stellen Sie sich die Barbarei vor – immer nur zu dem Zwecke backen, um uns satt zu machen. Immer haben sie ein Ziel im Auge.»

«Wie Sie das nur vergleichen können!» fand L.

«Und ausschließlich Tendenzärzte, die – man spürt die Absicht und man ist verstimmt – uns immer nur gesund machen wollen. Nichts als das. Und – was sagen Sie dazu? – sogar Tendenzlehrer. Von den Tendenzpfarrern zu schweigen, die unermüdlich wiederholen, was sie für wahr halten und nicht aufhören zu reden, um uns in der Wahrheit zu halten.»

L. runzelte seine Brauen.

«Allein unsere Dichter», fuhr A. fort, «haben sich von diesem barbarischen Tendenzkult freihalten können. Wie beneidenswert euer Land, in dem offenbar *nur* die Dichter an diesem eigentümlichen Defekt leiden; nur sie Ziele verfolgen; nur sie etwas für wahr halten; nur sie für ihre Wahrheit sprechen; nur sie meinen, was sie sagen; nur sie sagen, was sie meinen. Wie gut es wäre, wenn Bäcker sich um unseren Hunger nicht kümmerten, sondern nur büken, um sich auszudrücken; welchen Kulturgewinn es darstellen würde, wenn die Lehrer monologisieren würden, statt zu unterrichten; und wenn die Ärzte, statt zu kurieren, ihre Rezepte nur aus Freude am Schreiben schrieben! Von den Pastoren zu schweigen! Wie märchenhaft schön es wäre, wenn keiner von ihnen ein Ziel verfolgte! Aber was wollen Sie? Es ist einfach nicht durchzusetzen. Zu backen, ohne die Sättigung der Esser im Auge zu haben, gilt leider bei unseren Bäckern als kraftvergeudend; und wie peinlich auchdas Zugeständnis: die Ärzte, Lehrer und Pfarrer haben sich mutantis mutandis diesem lächerlichen Vorurteil der Bäcker angeschlossen, und das Vorurteil scheint nun unausrottbar. – Nur, wie gesagt, nur wir Dichter haben uns unsere Souveränität bewahrt und uns von diesem Vorurteil freigehalten. *Wenn* es aber – denn Käuze gibt es ja schließlich überall – wenn es aber einmal geschieht, daß einer von ihnen sich darauf kapriziert, etwas wirklich zu meinen und das Gemeinte wirklich zu sagen – schon am

nächsten Morgen kann er sein Handwerk an den Nagel hängen: denn in heiliger Empörung über die Verletzung des Rechts auf Nichtmeinen und ihrer Pflicht zum Nichtmeinen, werden seine Kollegen aufstehen wie ein Mann und ihm das Etikett ‹Tendenzdichter› anheften und ihn durch diese Etikettierung ein für alle Male als schlechten Dichter in Verruf bringen. – Aber, wie gesagt, diese bewunderungswürdige Selbstkorrektur funktioniert leider nur bei uns. Bei den Bäckern, den Ärzten, den Lehrern und den Pastoren überhaupt nicht. Die bleiben störrisch! Die bleiben unverbesserlich!»
Woraufhin L., «üble Scherze!» brummend, an einen Nebentisch übersiedelte, sich dort umgehend nach etwas erkundigte, und, als er informiert war, «aha!» ausrief. Kein Zweifel, daß man ihm verraten hatte, daß A. ein Tendenzdichter war. Wenn nicht etwas noch Verruchteres.

Die Freiheitspost

Als Dil, der Matrose, seinen Heimathafen verließ, um für ein Jahrzehnt alle Meere der Welt zu durchkreuzen, versprach er seiner alten Mutter, ihr von jedem noch so entfernten Platz aus ein Lebenszeichen zu geben. Zwei Jahre hindurch erhielt sie jeden Monat eine Karte; und je nach der Jahreszeit mahnte sie ihr Sohn, die Boote zu teeren, das Gartengitter zu streichen oder den Birnbaum zu stützen. Zwei Jahre lang erhielt sie regelmäßig seine Nachrichten, und es war ihr, als sei er in ihrer Nähe. Nach zwei Jahren erkrankte Dil in einem fernen Hafen. Und er sah, daß es mit ihm zu Ende ging.
«Was muß meine Mutter wissen», sprach er zu seinem Kapitän, «daß es mit mir zu Ende geht?» Und er ließ sich einen Packen Postkarten bringen und begann in den Stunden, die ihm noch blieben, die Karten zu schreiben, die seine Mutter in den nächsten acht Jahren empfangen sollte. Jede zeigte ein anderes Datum, jede einen anderen Hafennamen, und auf jeder schrieb er, wie gut es ihm ging, und daß er ihre Karten erhalten habe, und daß sie die Boote teeren solle oder den Birnbaum stützen, je nach der Jahreszeit. Als er seine Korrespondenz für die nächsten acht Jahre erledigt hatte, übergab er den Packen seinem Kapitän, bat ihn, acht Jahre hindurch jeden Monat eine der Karten abzusenden, und starb.
Drei Jahre lang erhielt seine Mutter regelmäßig die Nachrichten ihres Sohnes. Und sie war glücklich, daß die Zeit seiner Abwesenheit abnahm, und sie war

stolz auf ihn und lebte von Postempfang zu Postempfang. Nach fünf Jahren seiner Abwesenheit legte sie sich hin und starb gleichfalls.
Der Kapitän aber, der nicht ahnte, daß die Mutter seines toten Matrosen gestorben war, kam seiner Pflicht mit vollkommener Regelmäßigkeit nach. Und sandte jeden Monat die Post des längst Gestorbenen an die Tote. So liefen die Nachrichten weiter von niemandem an niemanden. Die Boote hatten weiter geteert, der Birnbaum weiter gestützt zu werden. Aber niemand teerte. Und niemand stützte. –

Wie lange?

«Sag mal», fragte der Moribunde, «wie lange ist man eigentlich tot?» Er hatte starr auf dem Rücken zu liegen, und er sprach so, als schwebte sein Gesprächspartner am Plafond.
«Wie meinst du das?» fragte der im Nachbarbett, und gleichfalls dem Plafond entgegen.
«Meine Schwester, schön», erklärte der Moribunde. «Die ist vor einem Jahr gestorben. Die mag vielleicht tot sein. Aber meine Mutter? Die vor vierzig Jahren gegangen ist? Würdest du sagen, daß auch die noch tot ist? Und deren Mutter? Und deren?»
Darauf wußte der im Nachbarbett nichts zu antworten.
«Hat es einen Sinn», fuhr der Moribunde fort, «zu behaupten, Adam und Eva seien tot? Heute noch tot? Jetzt in diesem Augenblicke tot?»
«Das kaum», gab der Nachbar erstaunt zu.
«Siehst du. Würden wir nicht viel zu viel über die zwei aussagen, würden wir ihnen nicht viel zu viel Sein zubilligen, wenn wir sie auch heute noch unter die Toten rechnen würden? Ist nicht auch ihr Totsein schon gestorben?»
«Du meinst», fragte der Nachbar dem Plafond entgegen, «zwei Male stirbt man?»
«Eben», antwortete der Moribunde. «Aber das zweitemal wirklich.»
Das waren seine letzten Worte. Morgens um drei hat man ihn hinausgetragen. Noch ist er tot. Aber wie lange noch?

Namen gibt es

Die Existenz gewisser Städte wird uns erst dann bekannt, wenn diese durch ein Erdbeben zerstört worden sind. «Nicht anders», heißt es in den ‹Molussischen Theologoumena›, «wird es auch unserer Welt gehen. Erst dann werden die Götter etwas von uns erfahren, wenn sie im ‹Himmlischen Morgenblatt› die Notiz über unseren Untergang finden werden. ‹Wie hieß der Platz?› wird der Gott Bamba beim Frühstück seine ihm aus der Zeitung vorlesende Frau fragen. – ‹*Welt* oder so, glaube ich.› – ‹Namen gibt es!› wird Bamba dann ausrufen. – Und außer in diesem sofort wieder vergessenen Gespräch wird unser niemals gedacht worden sein.»

Der Komplize

«Wenn ich mit ansehe», betete der Agnostiker Serapion im Zeustempel von Alexandria, «wenn ich mit ansehe, wie würdelos sie auf den Stufen Deines Tempels herumrutschen, dann begreife ich, daß Du so hochnäsig hast werden müssen, wie Du geworden wärst, wenn es Dich gäbe, o Herr mein Gott.»

Zuviel

«Daß es unmöglich ist, etwas aus nichts herzustellen, das gilt heute so gut wie vor dem Schöpfungstage. Daß aber das Unmögliche dem Gotte Bamba trotzdem gelungen ist, das ist unbestreitbar. Unsere Bewunderung dafür verdient er heute nicht weniger als damals. Aber ach!
Ach, der Abers gibt es unendlich viele.
Denn warum um Gottes Willen hat der Gott diese Unmengen auf einmal erzeugt? Warum diese Überproduktion?
Warum zum Beispiel diese nicht endenden Ozeane? Hätte nicht ein einziger Tropfen, herrlich strahlend im Universum des Nichts, ebenfalls ausgereicht, um zu beweisen, daß ihm das Unmögliche doch möglich war? Warum? frage ich euch.

Sollte er – sagt es nicht weiter! – so uneinsichtig gewesen sein, nicht zu begreifen, daß es um ein *Prinzip* ging? Oder so naiv, in der Erschaffung von *zwei* Tropfen eine größere Leistung zu sehen als in der eines einzigen Tropfens? Oder so machtlos, daß er, nachdem er begonnen, unfähig war, wieder aufzuhören? Oder sollte er es gar – aus Trotz getan haben? Pour épater l'Univers du Néant?

Ach, die Zahl der Fragen, die er uns aufgibt, ist nicht geringer als die der Dinge, die er geschaffen. Und ich fürchte, auch er selbst wäre nicht imstande, uns Antworten zu geben. Denn wo stünde geschrieben, daß Götter sich selbst kennen?»

Der Kapellmeister

In Molussien gab es eine Sekte, deren Anhänger die Existenz ihres Gottes Bamba zwar nicht geradezu ableugneten, aber doch – was als ungleich sakrilegischer galt – die Lehre vertraten, daß Bamba, als die Welt von sich aus zu brodeln begann, eine mit diesem Entstehungsprozeß perfekt synchronisierte Schöpfungspantomime aufgeführt habe, und daß es ihm mit Hilfe dieser Pantomime gelungen sei, den bereits entstandenen Kreaturen weiszumachen, daß sie ihr Dasein ihm und nur ihm zu verdanken hätten. Während die Laien unter diesen Häretikern Bamba einfach als einen ordinären Betrüger ansahen, hielten doch die Subtileren, sei es aus Fairness, sei es um sich die Annehmlichkeiten theologischer Diskussionen nicht zu verderben, die Möglichkeit seiner bona fides offen. Der Gedanke, so argumentierten sie, daß es Bamba während des gewiß auch in seinen Augen ungewöhnlichen Vorganges der Weltentstehung nicht ausgehalten habe, stille zu sitzen; daß er, ob er es wollte oder nicht, einem Kapellmeister gleich, im Rhythmus des Werdens mitzutanzen begonnen habe; irregeführt durch die Leidenschaft seiner Pantomine, immer tiefer in seine falsche Theologie hineingeraten sei; und schließlich sogar, nachdem er die Welt nun strahlend vor sich habe liegen sehen, garnicht mehr imstande hätte sein können, das Fertigprodukt *nicht* für sein eigenes Werk zu halten – dieser Gedanke (so argumentierten sie) dürfe doch nicht einfach von der Hand gewiesen werden.

Absconditus

Von dem Gotte Simba heißt es nicht nur, daß er von keinem Molussier je gesehen worden sei, sondern auch, daß er sich absichtlich in obscuro gehalten habe, um diejenigen, die er von fernher lenkte, in dem Wahn zu halten, daß sie das von ihm Angeordnete und durch ihn Erzwungene aus freien Stücken täten. Folgerichtig galt in der molussischen Kirche der unter Laien weit verbreitete Zweifel an Simbas Existenz als dessen eigenes Werk, und die Agnostiker, die auf die Taktik des Gottes hereinfielen und dessen Unsichtbarkeit, so wie er es wünschte, wirklich als Nichtexistenz mißverstanden, standen sogar in dem Rufe, Naivlinge zu sein. Daß der Ritus, der Simba zu Ehren zelebriert wurde, zu den geheimsten der molussischen Kirche gehörte, das liegt ja auf der Hand: Denn natürlich hatten die Priester, da sie wußten, daß ihr Gott sein Incognito zu wahren wünschte, dafür Sorge zu tragen, daß er von der Existenz des ihm geltenden Kultes nicht das mindeste erfuhr, daß er von dieser ebenso wenig erfuhr, wie sie selbst von seiner Existenz eigentlich hätte erfahren sollen. In der Tat scheint ihnen dieses Versteckspielen auch gelungen zu sein. In den Kirchenbüchern Molussiens ist jedenfalls keine einzige Eintragung zu finden, die darauf hinwiese, daß Simba den ihm geltenden Ritus jemals bemerkt, an diesem jemals Anstoß genommen oder in diesen gar jemals eingegriffen habe.

Wie heißt dieses Wesen?

Wie täglich seit Äonen, verbrachte der Gott Bamba die tote Stunde nach Tisch damit, die Namen jener Spezies, die seit dem Vortag ausgestorben waren, aus seinem Adreßbuch des Seienden auszustreichen. Der Sekretär las die wie immer endlose Liste vor. «Mensch» diktierte er.

«Mensch», wiederholte Bamba, seinen Zeigefinger eine Kolonne entlangführend. «Kann ich nicht finden. Wie buchstabieren Sie das?»

«Da bin ich freilich auch nicht ganz sicher», gab der Sekretär zu.

«So», meinte der Gott. «Und wo wohnte er?»

«Oh», meinte der Sekretär mit ziemlich schlechtem Gewissen, «im Milchstraßensystem 58769830289. In diesem gibt es die Milchstraße 3895787.»

«Und das ist der sogenannte ‹Mensch›?» rief der Gott. «Mit sowas belästigen Sie mich?»
Der Sekretär machte sich ganz klein. «Wenn er das noch wäre. Aber in dieser Milchstraße gibt es ein Sonnensystem . . .»
«Namens ‹Mensch›», ergänzte Bamba.
«Bedaure. Auch das noch nicht. In diesem gibt es Planeten.»
«Die Sache beginnt, interessant zu werden», meinte Bamba ominös.
«Und einer dieser Planeten . . .»
«Heißt Mensch . . .»
«Bedaure unendlich. Einer dieser Planeten enthält auf seiner Oberfläche . . .»
«Den Menschen.»
«Vielmehr Ungeziefer. Aber auch das ist er noch nicht. Denn dieses Ungeziefer zerfällt in unzählige Geschlechter und diese in ungezählte Spezies . . .»
Der Gott wischte sich seine Stirne.
«Und eine davon hieß . . .»
«Ich verstehe. – Schlimm genug, daß alle diese Überflüssigkeiten existieren. Aber können Sie mir verraten, warum Sie es sich herausnehmen, meine Arbeit damit aufzuhalten?»
«Ein Kuriosum», meinte der Sekretär bescheiden. «Von dem ich dachte, daß es Sie vielleicht amüsieren könnte.»
«So. Ein Kuriosum. Inwiefern war es denn wichtig für die Welt, dieses Kuriosum?»
Der Sekretär schüttelte seinen Kopf.
«Was hat er denn für die Welt getan, dieser Mensch?»
«Er für sie?» fragte der Sekretär zurück, und er schüttelte seinen Kopf. «Im Gegenteil. Er hielt sich für deren Mittelpunkt. Und benutzte sie. Oder glaubte sie zu benutzen. Denn gespürt hat die natürlich nichts davon.»
«Eben», meinte Bamba. «Soll ich ihn vielleicht eintragen, um ihn auszustreichen?»
«Das natürlich nicht. Aber er war eben eine Kuriosität, weil er die einzige Spezies war, die sich selbst ausgerottet hat.»
«Ach!» meinte da Bamba, und er schien wirklich einen Augenblick lang interessiert. «Was Sie nicht sagen. – Wie, sagten Sie, hieß dieses Wesen?»
«Mensch», antwortete der Sekretär.

Daß Bamba sich den Namen wirklich gemerkt habe, auch nur einen Augenblick lang, das ist sehr unwahrscheinlich, denn er verlangte sofort die Fortsetzung der Verlesung der weiteren Spezies-Namen. Aber sofern er sich ihn doch gemerkt hat, dann nicht als Namen, der *uns* bezeichnet hat, sondern lediglich als Namen für unser kurioses Ende.

Siehst du

«Unterstellt einmal», forderte auf einem der uns unbekannten Sterne in einer der uns unbekannten Milchstraßen ein Lehrer seine Schüler auf – «unterstellt einmal (rein hypothetisch natürlich, denn faktisch spricht natürlich kaum etwas dafür und angehen würde uns das garnichts), nun unterstellt einmal – auf einem solchen Stäubchen habe es auch einmal Lebewesen gegeben, ganz vorübergehend natürlich, und von niemandem bemerkt. Und die hätten genauso geschuftet wie wir, einander genauso beschimpft wie wir, einander genauso geliebt wie wir, und sich das Leben genauso sinnlos schwer gemacht wie wir es uns machen; von niemandem gewußt, wie gesagt, ganz vorübergehend, absolut wirkungslos, unter Ausschluß der kosmischen Öffentlichkeit. Wie würdest du solche hypothetischen Wesen nennen?» – «Wichtigtuer», antwortete der Schüler. – «Siehst du», schloß der Lehrer.

Die Schlüssel

Zum Aufschließen der unendlichen Hinterlassenschaft der Frau Mu benötigten die Erben einen Kunstschlosser. Der Gedanke, ihren Besitz offen oder auch nur leicht aufschließbar zurückzulassen, war der Frau Mu offensichtlich unerträglich gewesen. Erst nach Wochen und nach zahllosen Schwierigkeiten stießen die bereits ermüdeten Nachkommen auf eine, selbst wieder kompliziert versperrte, Schatulle, in der sie, nachdem der Kunstschlosser sie behutsam geöffnet hatte, eine Sammlung von nicht weniger als dreihundert Schlüsseln der verschiedensten Größe, Art und Faktur vorfanden. Im ersten Augenblick flößte der Anblick dieses sinnlosen Haufens den Hinterbliebenen Angst und Schrecken ein. Irgendwo, glaubten sie sofort zu wissen, mußten also noch weitere Koffer

und Kisten stehen, zahllose Koffer und Kisten, in die die Schlüssel hineinpaßten. Und wer konnte vorhersagen, ob nicht auch diese unvorhergesehenen Koffer neue Schatullen und neue Schlüsselsammlungen zum Vorschein bringen würden?
Ihre Angst war zwar rasch vorbei: aber doch nur, um einer anderen Platz zu machen.
Frau Mu war nämlich eine außergewöhnlich ordentliche Frau gewesen. Sie hatte daher jedem Schlüssel ein Täfelchen umgehängt, das kalligraphisch anzeigte, für welches Schloß er gemeint war. ‹Urgroßmutters Reisetasche› verkündete das eine; ‹Hausschlüssel Schloßgasse› ein zweites; ‹Schmuckkästchen Tante Dorothea› ein drittes.
Die Erben blickten einander befremdet an. Urgroßmutters Reisetasche hatte keiner von ihnen jemals gekannt, wahrscheinlich hatte die Urgroßmutter selbst sie schon bei Lebzeiten ausrangiert und vergessen; das Haus in der Schloßgasse war schon in der Jugendzeit des ältesten Hinterbliebenen abgebrochen worden; und Tante Dorothea, an deren vergilbtes Photo ein anderer sich zu erinnern glaubte (aber wahrscheinlich verwechselte er sie mit einer anderen) lag, niemand ahnte wo, seit Jahrzehnten im fremden Erdteil begraben. –

Besser als diesen Erben geht es auch uns nicht. Die Reisetaschen kennen wir nicht mehr. Die Häuser sind abgebrochen. Die Schmuckkästchen haben vielleicht einmal in einem anderen Erdteil existiert. Aber die Schlüsselsammlung, die haben wir. ‹Geschichte der Philosophie› heißt sie.

Die Warnung

«Nehmt euch in acht», sprach die alte Ousia zu ihren Kindern, «nehmt euch in acht vor den Philosophen. Tausende von Malen bin ich von ihnen interviewt worden. Je beiläufiger ihre Erkundigungen, desto gefährlicher waren sie. Oft sind sie mir, um mich zu zwingen, aus der Schule des Seins zu plaudern, mit Suggestionsfragen auf den Leib gerückt – ‹Hypothesen› nannten sie diese – und je liebenswürdiger sie mit ihrem ‹du bist ja wohl so oder so› kamen, desto schwerer war es, ihre Frage nicht zu bejahen. Auch ich bin auf sie herein-

14268

gefallen. Aus reiner Höflichkeit. Nachher war's zu spät, und was sie dann über mich veröffentlichten, war im besten Falle sinnlos, zumeist aber außerdem auch noch verleumderisch. Darum laßt euch von ihnen nicht ansprechen. Sie sind agents provocateurs.»

Wo ist dein Stachel?

«Mir scheint», meinte behutsam die Krankenschwester, «allmählich sollten Sie sich vielleicht doch auf gewisse Eventualitäten gefaßt machen.»

«Ich?» fragte der Moribunde erstaunt zurück, «ich? Ist das meine Sorge? Wahrhaftig, ich möchte wissen, wozu ich mein Lebtag lang meine Hospitalversicherung gezahlt habe!»

Das Unentreißbare

«Kommt nicht in Frage», antwortete der vereinsamte R., als ich ihm vorgeschlagen hatte, sich einen Hund anzuschaffen. «Soll ich diesen Skandal vielleicht täglich mit ansehen?»

«Welchen Skandal?»

«Welchen Skandal! Wie er seine Zeit vergeudet.»

«Aber das wäre doch nicht *Ihre* Zeit!»

«Eben!» schrie er da. «Soll ich vielleicht täglich denken, wie viele Überstunden ich aus ihr machen könnte? Und mich täglich zum Wahnsinn treiben lassen, weil ich sie ihm doch nicht entreißen kann?» – Womit die Angelegenheit für ihn erledigt war.

Die Vergangenheiten

Mein Vater besaß eine alte, mannshohe gelbe Hündin, die er, obwohl er sich der Stärke seiner Liebe wohl nicht klar bewußt war, mehr ins Herz geschlossen hatte als meine Mutter und uns Kinder. Wenn er am Abend von seiner unsauberen Arbeit nach Hause kam, und wir alle ihm vorsichtig auswichen, denn er roch noch nach allen Abfällen der Stadt, sprang Tobo dem Vater leidenschaftlich entgegen, kletterte zärtlich an ihm hoch, legte die Pfoten auf seine Schultern und verlangsamte durch ihr kaum abwehrbares, immer neu versuchtes, Hinaufspringen die Heimkehr. Aber nichts liebte mein Vater mehr als diese letzte Verzögerung vor dem Ankommen, während derer er sich, zum Schein fluchend, seinen Weg zu erkämpfen hatte. War er vorher müde gewesen, so war er nun wieder frisch.

Eines Tages sprang Tobo ihm nicht entgegen, mein Vater rannte das letzte Stück, und er fand sie, von einem Hufschlag getroffen, neben dem Pferdestall.

Von diesem Tage an war mein Vater ein alter Mann. Und meine Mutter und wir Kinder hatten das sehr zu spüren, nicht zuletzt, weil er völlig beliebig, heute mich, den anderen Tag einen meiner Brüder, täglich aber meine Mutter, des Hundemordes beschuldigte und sich täglich neu eine andere Art des Mordes zurechtlegte, die mit dem wirklichen Sterben der armen Tobo auch nicht das geringste zu tun hatte. Bis eines Tages ein Freund unseres Vaters, ob zufällig oder nicht, haben wir niemals ausfinden können, mit einer gleichfalls gelben, angeblich gefundenen, Hündin bei uns eintraf und uns darum bat, uns dieser vorübergehend anzunehmen.

Mein Vater runzelte die Stirne. Und anfangs versetzte er ihr Fußtritte. Aber da er etwas an sich hatte, was jedes Vieh, selbst das roh behandelte, mächtig anzog; und da wir alle uns verschworen hatten, die neue Hausgenossin als Luft zu behandeln, schloß sich diese meinem Vater doch an, und auch er schien, obwohl er noch immer, wenn auch nicht mehr ganz so ernst, nach ihr trat, seinen anfänglichen Abscheu zu verlieren. Kein Wunder, daß sie eines Tages, als mein Vater verdreckt und ermüdet heimkehrte, wedelnd an derselben Stelle stand, an der Tobo ihn gewöhnlich abgefangen hatte; und daß mein Vater, nicht genau nachdenkend, welcher Tag im Jahr es war, und welches Jahr in seinem Leben, mit ihrer Schnauze zu spielen begannen, so als sei diese Tobos Schnauze; und sich zum Schein von ihr beißen ließ.

Als er zuhause eintraf, schien er nicht ganz unzufrieden, obwohl er ihr, um nichts zu zeigen, einen Fußtritt versetzte. Aber die Neue schien zu verstehen, was es mit dem Tritt auf sich hatte, und verübelte ihn meinem Vater überhaupt nicht. Kein Wunder, daß es bald so weit war: daß er ihr die alte Hütte der ersten Tobo zuwies; daß er sie ein paar Tage versehentlich Tobo rief, und daß er sie nach einigen Wochen genauso leidenschaftlich liebte, wie er die alte geliebt hatte. In seinem Alter wußte er tatsächlich nur noch von einer einzigen Tobo, und es gehörte zu seinen größten Vergnügungen, im Kreise seiner Freunde damit zu prahlen, daß er das älteste Vieh im Dorfe besitze. Da seine Freunde gleichfalls uralt waren, viel zu alt, um sich der ersten Tobo noch genau zu entsinnen, geschah es tatsächlich kaum je, daß Widerspruch laut wurde. Von den zwei Hündinnen, die in Tobos Grab hinter der Mauer begraben liegen, weiß außer mir heute niemand mehr etwas; und selbst ich würde mich nicht wundern, wenn nach der Öffnung dieses Grabes die Überreste nur *eines* Hundes gefunden werden würden.

Die Reaktionären

Als der Modernist Z. begann, altertümliche Kindergeschichten zu schreiben, umstanden ihn seine Freunde, die Künstler, mit offenen Mündern. «Wenn es brennt», erklärte er, «dann ist es reaktionär, wie gestern und vorgestern über die Verbesserung von Spritzenmodellen weiter zu brüten. Und ungleich avantgardistischer, die vorgestrige Spritze wirklich zu verwenden.»

Schwarten

Als Simonides, genannt ‹Der Turmschädel›, Sokrates wegen seiner niedrigen Stirn verhöhnte, antwortete dieser: «Wenn du nur etwas gescheiter wärest, Simonides, würdest du es verstehen, dein bißchen Verstand in einem kleineren Schädel unterzubringen.»

Der Künstler

«Unbegreiflich!» rief L. vor einem Werke des G. G. «Was für ein Zyniker der ist, das weißt du ja. Und trotzdem ein so großer Künstler!»
«Trotzdem?» fragte A. «Wer das Schlechte verachtet, weil es zu schlecht ist – und das gilt von G. G.; und wer das Gute verachtet, weil es vergeblich ist – und auch das gilt von G. G., und durch diese doppelte Verachtung ist Zynismus ja

wohl definiert – was um Gottes Willen kann denn einem derart Verzweifelten anderes übrig bleiben als die Perfektion des Scheinbaren?»

Die Beschränktheit

«Begreiflich ist es mir eigentlich nicht», sprach der molussische Philosoph Mo zum Abschluß seiner sechzigsten Geburtstagsfeier, und seine Freunde zweifelten, ob er wirklich meinte, was er sagte, oder ob er sich nicht doch vielleicht ein wenig zierte, «begreiflich ist es mir eigentlich nicht, wie jemand so alt werden kann, wie ich heute geworden bin, ohne dabei Philosoph geworden zu sein. Wenn ihr mich fragt, was ich dazu getan habe – eine bessere Antwort als die: ‹Ich habe mich von den Jahren tragen lassen›, weiß ich nicht. Intelligenz? Gehört zum Philosophwerden wohl am allerwenigsten. Jedenfalls muß ich das hoffen, denn daß selbst Dummköpfe mir darin oft überlegen sind, das habt auch ihr ja mit Beschämung festgestellt. – Etwas anderes ist es freilich mit der Erfahrung. Aber auch die macht ja schließlich jeder, keine zu machen, ist ja niemandem möglich. Und selbst von demjenigen, der nur wenige Erfahrungen macht, vielleicht nur die eine Erfahrung, daß er *da* ist, und der, nachdem er sie gemacht, als Zwanzigjähriger abtritt – selbst von dem würde ich sagen, daß ihm die Voraussetzung für sein Philosophwerden vergönnt gewesen sei. Wie enorm unter diesen Umständen die Chancen des Sechzigjährigen sind, das liegt ja auf der Hand. Tatsächlich ist die Zahl der Erfahrungen, die sich, ob ich wollte oder nicht, in diesen mehr als zwanzigtausend Tagen und Nächten in mir niedergeschlagen und angehäuft haben, so groß, daß ich, so scheint mir, schon eine Sonderbegabung dafür hätte mitbringen müssen, um diesen überwältigenden Vorrat seiner Wirkung zu berauben.»

Nachdem er so gesprochen, schüttelte er seinen Kopf, und seine abweisende Handbewegung war so heftig, daß seine Schüler einen Augenblick lang erschrocken glaubten, er habe sie aus Gründen, die ihnen undurchsichtig blieben, entlassen. Aber da irrten sie.

Mo nahm seine Rede nämlich noch einmal auf. Und erklärte zur ungeheuren Verblüffung seiner Jünger, daß das, was er da soeben behauptet, der reinste Unsinn sei. «Denn auch mir ist es natürlich bekannt», schloß er, «daß es den meisten unserer Mitmenschen nicht die geringsten Schwierigkeiten bereitet, den achtzigsten oder gar den hundertsten Geburtstag zu erreichen, ohne durch die Länge der Wegstrecke Philosoph geworden zu sein. Aber vermutlich liegt das Dasein dieser Menschen, also der meisten, denn die Ausnahmen sind *wir* ja, so weit außerhalb des Umkreises dessen, was wir begreifen können, daß wir von ihnen so sprechen wie die Blinden von der Farbe. Auch Philosophsein macht eben beschränkt. Und uns als die Stimme der Menschheit aufzuspielen, dazu haben wir wahrhaftig wenig Anrecht.»

Auf dem laufenden sein

«Es waren einmal drei Wettläufer», antwortete Newton, als ihn Lady M., bestürzt über dessen Uninformiertheit, gefragt hatte, ob er sich denn garnicht mehr auf dem laufenden halte. «Ein guter Läufer, ein mittelmäßiger und ein mangelhafter. Am besten auf dem laufenden war natürlich der mangelhafte, da dieser ja den mittelmäßigen und den guten stets vor sich sah. Und ein wenig auf dem laufenden war natürlich auch der mittelmäßige, da dieser ja immerhin den guten stets vor sich sah. Aber dieser? Hätte der seinen Lauf vielleicht unterbrechen sollen? Und sich vielleicht umdrehen sollen? Um festzustellen, wie groß der Abstand war zwischen ihm und ihnen?»
«Sie Schlauberger!» meinte Lady M., die es gewöhnt war, die Wahrheit für einen eleganten Trick zu halten.
«Und am allerbesten», schloß Newton, «am allerbesten auf dem laufenden sind natürlich Sie. Weil Sie garnicht mitlaufen. Sondern sich mit dem Platz auf der Zuschauertribüne bescheiden.» Sprach's und ließ sie stehen.

Der Betbruder

«Kein Mensch», ereiferte sich der von allen Hunden der Skepsis gejagte Zeno, «kein Mensch ist unbescheidener, demutloser, selbstgerechter, hybrider – kurz, sakrilegischer als der Gläubige: über die Dunkelheiten, die uns übersteigen, bestimmte Ansichten zu haben! Und auf die Geheimnisse, vor denen wir zu verstummen haben, sogar stolz zu sein! Und diese sogar feilzubieten! Es ist nicht zu glauben!»

Seine Schüler, die daran gewöhnt waren, mit ihrer Hybris zu prahlen, und die Sakrileg und Demutlosigkeit als ihre unentreißbaren Monopole betrachteten, saßen mit offenen Mäulern. Einer von ihnen aber sprang auf und schrie: «Verräter!» und verbreitete in der Stadt, Zeno sei unter die Betbrüder gegangen.

Der Defekt

«Irgendetwas», meinte der Romancier – und er war wahrhaftig kein schlechter Romancier – «irgendetwas fehlt dem W. B., um Romane schreiben zu können.»
«Durchaus nicht irgendetwas», widersprach S., «sondern etwas ganz Bestimmtes.»
«Und zwar?»
«Ein Defekt.»
«Ein Defekt?»
«Derjenige, den man benötigt, um Romane schreiben zu können.»
«Was Sie nicht sagen! Habe ich auch so einen?»
«Aber natürlich. Sonst hätten Sie ja Ihre Romane nicht schreiben können.»
«Hoch der Defekt! Welcher Defekt?»
«Glauben Sie vielleicht, ein Schachweltmeister ist imstande, sich eine Partie zwischen zwei schlechten Spielern auszudenken? Oder verstellt ihm nicht das Wahre das Wirkliche? Weiß er nicht immer den richtigen Zug, denjenigen, den die Spieler eigentlich machen müßten, aber in Wirklichkeit eben nicht machen?»
«Stimmt.»
«Sehen Sie. Und genau so erginge es W. B., wenn er sich daran machen würde, Romanfiguren nachzuzeichnen oder gar zu erfinden. Auch er ist auf seine Art ein Weltmeister. Immer würde ihm die Wahrheit dazwischenkommen. Was ihm fehlt, ist diejenige Dosis von Dummheit und Unlogik, die ein Romancier selbst besitzen muß, um fähig zu sein, sie seinen Figuren in den Mund zu legen und diese lebendig sprechen zu lassen. Mit der Dummheit kämpfen Götter selbst vergebens? Nein, gerade diese, denn gerade diese sind unfähig, falsches Denken zu verstehen oder gar denjenigen Blödsinn zu erfinden, den sie den erfundenen Figuren in den Mund zu legen hätten, um diese glaubhaft zu machen. Wo das Imperium der Stupidität – also leider das der Wirklichkeit – beginnt, da endet die Kompetenz des Geistes.»

Die Täuschung

Im Schreibzimmer saßen der Chronist C. und der Philosoph P. einander gegenüber. Während C. Seite nach Seite vollschrieb, malte P. an einigen wenigen Sätzen herum.

«Warum schreibst du eigentlich nicht?» fragte C., nachdem er eine Zeitlang den herumschnörkelnden P. beobachtet hatte.

«Weil ich nicht weiß», erwiderte der, «wie es weitergeht.»

«Ja, warum setzst du dich denn dann zum Schreiben hin?»

«Deshalb», antwortete P., «*weil* ich es nicht weiß.»

C. glaubte falsch gehört zu haben. «Du meinst, du schreibst, ehe du weißt, was du schreiben wirst?»

«Nur dann», antwortete P.

«Und warum?»

«*Um* es zu wissen», antwortete P. «Hast du je gehört, daß einer nach Gefundenem gesucht hätte?»

C. kratzte sich seinen Kopf. «Und was tust du nun, wenn du schreibst?»

«Ich täusche sie», antwortete P.

«Wen?»

«Die Wahrheit.»

«Und wie?»

«Eben, indem ich über sie schreibe.»

«Über die Wahrheit, die du nicht weißt?»

«Richtig.»

«Und was schreibst du?»

«Paraphrasierungen meines Nichtwissens.»

C. schüttelte seinen Kopf. «Und durch die Paraphrasierungen deines Nichtwissens, glaubst du, wird sie sich provozieren lassen?»

«Ohne diese jedenfalls nicht», behauptete P. «Oft hat sie jedenfalls, wenn sie mich bei der Arbeit sah, geglaubt, daß ich sie bereits portraitierte. Und konnte dann der Versuchung nicht widerstehen. Pss! Wer weiß, ob sie mich nicht auch jetzt schon entdeckt hat, und ob sie nicht auch jetzt schon auf dem Weg ist, um über meine Schulter hinweg einen Blick auf ihr Bild zu werfen. Dann aber – dann erwisch ich sie.»

Die Mühsal

«Zyniker!» schalt J. den A.
«Wär ich's doch», seufzte A.
«Warum?»
«Weil ich die Mühsal los wäre.»
«Welche?»
«Des Hoffens.»

Warum man leben darf

«Lassen sie uns alle am Leben?» fragte der neue Lagerhäftling.
«Im Gegenteil», antwortete der alte. «Diejenigen, von denen sie wissen, daß sie nichts zu verraten haben, die liquidieren sie sofort – und das sind die meisten; und diejenigen, die ihren Verrat hinter sich haben, die liquidieren sie ebenfalls.»
«Du lebst also nur deshalb, weil du verraten könntest?»
Der Alte nickte. «Man lebt, weil man als möglicher Verräter gilt.»
«Aber sie foltern dich?»
Der Alte nickte nur.
«Und dazu hast du nichts zu sagen?»
«Doch», antwortete der Alte. «Solange sie uns foltern, sind wir unseres Lebens sicher.»
«Was?» fragte der Neue fassungslos.
«Natürlich geschieht es zuweilen, daß wir dabei, ohne zu Verrätern geworden zu sein, zugrundegehen. Aber das ereignet sich nur versehentlich und ganz gegen ihre Absicht. Denn sie wünschen, daß wir erst verraten und dann sterben. Umgekehrt geht es nicht. Im großen ganzen können wir auf ein Morgen rechnen: nämlich auf die morgige Folter.»
«Um Gottes Willen!» rief da der Neue und schlug die Hand vor seinen Mund.
«Was gibt es?» fragte der Alte.
«Sie werden mich nicht foltern. Denn ich weiß buchstäblich nichts, was ich verraten könnte!»

Soviel Ahnungslosigkeit war dem Alten noch nicht vorgekommen. «Geht *sie* das vielleicht etwas an, dein Nichtwissen? Sie haben dich hierher geschickt. Also glauben sie zu wissen, daß du etwas weißt. Das allein zählt.» – Und nach einer Pause: «Ja, glaubst du vielleicht, *ich* wüßte etwas?»

Das Strömende

«Armer Kerl», meinte der Chronist, nachdem er ein anderes Mal den ihm gegenübersitzenden Philosophen P. bei seinen Schnörkeleien beobachtet hatte, «ein strömender Text scheint das nicht gerade zu werden.»
«Ein strömender Text?» fragte P. überrascht. «Hat denn das Aufgraben der Quelle zu strömen? Oder nicht vielmehr die aufgegrabene Quelle?» Und schnörkelte weiter.

Die Stimme des Gewissens

Nachdem Neun von den Zehn dem Kommando, das sie erhalten, widerspruchslos nachgekommen waren und die Gruppe der Kriegsgefangenen gewissenhaft abgestochen hatten, kehrten sie grau im Gesicht und mit blutbeschmierten Händen zu ihrem Kameraden zurück. Dieser Zehnte, der sich, wohl wissend, was er damit riskierte, von der Teilnahme ausgeschlossen hatte, lag nun, gebunden und mit dem Gesicht zur Wand, in der Baracke. Die Neun umstanden ihn im Halbkreis.
«Recht hast du, dich zu schämen», meinte der Erste und stieß mit dem Stiefel gegen ihn. «Das nenne ich mir Solidarität!»
«Genau!» bestätigte der Zweite, und trat ihm gegen sein Schienbein. «Schön bequem hast du dir's gemacht. Oder glaubst du vielleicht, wir hätten nicht auch lieber saubere Finger behalten?»
«Genau!» bestätigte der Dritte, und trat ihm in sein Geschlecht. «Oder denkst du vielleicht, uns macht solche Schweinerei Spaß?»
«Genau!» bestätigte der Vierte, und er trat ihm in den Bauch. «Oder redest du dir vielleicht ein, du bist der einzige, der diese famose Stimme des Gewissens gehört hat?»

«Genau!» bestätigte der Fünfte, und trat ihm in die Rippen. «Oder willst du uns vielleicht weismachen, du seiest ein freier Mensch, weil du der sklavisch gehorcht hast? Von Widerstandsrecht hast du wohl noch nie etwas gehört?»
«Genau!» bestätigte der Sechste, und zertrat ihm die Hand. «Und von Mißtrauen wohl auch noch nichts? Daß man solche Damen auffordern muß: ‹Legitimieren Sie sich gefälligst!›»
«Genau!» bestätigte der Siebente, und trat ihm in die Gurgel. «Und daß man solche Damen auszufragen hat: ‹Warum glauben Sie denn, daß Ihr Dusollstnicht verbindlicher sei als das Dusollst in unseren immerhin amtlich gestempelten und signierten Befehlen?›»
«Genau!» bestätigte der Achte, und trat ihm, da vom Leibe nicht viel übriggeblieben war, in den Mund. «Und daß man die zu fragen hat: ‹Warum verstecken Sie sich eigentlich, gnädige Frau?› Und: ‹Warum tun Sie denn eigentlich so, als wenn Ihre Stimme aus *meinem* Munde herauskäme?›»
«Genau!» bestätigte der Neunte, und wandte sich nun, nachdem er den blutigen Klumpen in die letzte Ecke geschoben, direkt an seine Kameraden: «Und selbst *wenn* die Worte der Dame aus *unserem* Munde herauskommen würden, und sogar aus unserem Herzen – bewiese denn das, daß sie wahr sind? Seit wann wären *wir* denn die Quelle der Wahrheit?»
«Genau!» riefen sie da im Chore. Und nur der Zehnte blieb stumm wie zuvor.

Leider ist es nicht zu bestreiten, daß sie, als sie nun, um ihre Hände und ihre Stiefel vom Blut zu reinigen, Arm in Arm der Pumpe entgegenzogen, nicht mehr annähernd so grau im Gesicht waren wie vorher, sondern bereits aussahen wie robuste Männer mit gutem Gewissen.

Das kulturelle Erbe

Auf die Frage seines Schülers, worin die sogenannte «Pflege des kulturellen Erbes» bestehe, antwortete der Philosoph Boaz:
«In meiner Jugend kannte ich einen schon nicht mehr ganz jungen Mann, der mit seiner uralten Mutter zusammenlebte und diese aufs gewissenhafteste umsorgte. Es war wahrhaftig nicht unverständlich und wirklich verzeihlich, daß dieser Mann zuweilen ungeduldig wurde, und daß er sich hin und wieder sogar

auf dem, wie er meinte, sündigen Gedanken ertappte, das Nichtsterbenkönnen seiner Mutter nicht mehr länger zu ertragen. Um diese Regungen zu bekämpfen und um sein schlechtes Gewissen zu beruhigen, hatte er es sich, obwohl seine Mittel dazu kaum ausreichten, zur Gewohnheit gemacht, seine Mutter im größten Stile zu beschenken, und zwar mit Gaben, die sie sich selbst niemals geleistet hätte, zumeist mit soliden Möbel- und Kleidungsstücken, die jahrelange Haltbarkeit versprachen, und gewiß hatte der Ärmste dabei auch das Gefühl, daß er durch die Schenkung auch die Beschenkte in die todlose Zukunft dieser Objekte mit hineinnehmen konnte.

Nun, eines Tages starb die Alte natürlich trotzdem, und zwar mitten hinein in die Vorbereitung einer neuen generösen Gabe: eines außerordentlich schönen und reichbestickten Morgenrockes.

So konnte es geschehen, daß eine Woche nach dem Begräbnis die Schneiderin, die schon seit Jahren für die Alte gearbeitet hatte, in der Wohnung des nun allein wohnenden und sich mit den schwersten Selbstvorwürfen abquälenden Mannes erschien, um das bestellte Stück abzuliefern. Und nun kommt die Antwort auf deine Frage, worin die Pflege des kulturellen Erbes bestehe. Der Sohn geriet nämlich, als er den Morgenrock näher prüfte, außer sich. ‹*Den* wagen Sie mir zu bringen?› schrie er die völlig perplexe Schneiderin an, ‹dieses viel zu lange Stück? Damit sie darüber stolpere und sich die Glieder breche?› Und schickte sie fort und hieß sie nach drei Tagen mit dem um mindestens zehn Zentimeter verkürzten Stück zurückkommen.

Für wen er den Rock da säumen ließ, und warum er dazu bereit war, für die Kürzung des Stückes einen hohen zusätzlichen Betrag auszugeben, das kann ich dir nicht erklären. Aber wie sonderbar das auch klingen mag: fest steht, daß es nur wenige Dinge auf dieser Welt gibt, für die so entsetzlich viel Geld ausgegeben wird wie für das Säumen von posthumen Morgenröcken.»

Der Kriegsgrund

Nachdem Präsident Nos von Molussien in den Annalen seines Landes gelesen hatte, konnte er es sich nicht verhehlen, daß es unter allen Mitteln, mit deren Hilfe seine Vorgänger ihre Beliebtheit gesichert und gesteigert hatten, keines gegeben hatte, das sich so bewährt hatte wie die Beendigung unpopulärer Kriege.

Da Nos für seine Wiederwahl Popularität bitter benötigte, aber keinen unpopulären Krieg zur Verfügung hatte, beschloß er, einen solchen herzustellen. Das war keine ganz leichte Aufgabe. Denn obwohl es feststand, daß der Krieg unbeliebt sein, mindestens werden, sollte, mußte dieser doch mindestens in den ersten Tagen als akzeptabel gelten. Es war mithin nicht ratsam, ad libitum von einem der sieben Nachbarn Molussiens zu behaupten, er habe Molussien provoziert, und diesen daraufhin anzugreifen. Es war nötig, wählerisch zu sein. Da Präsident Nos dabei eine gute Hand bewies: da er ein Volk auswählte, das den Molussiern als Feind zwar nicht unplausibel schien, aber andererseits auch nicht so verhaßt war, daß sie es gerne Monate oder gar Jahre lang bekämpft hätten; und da es ihm gelang, dieses sonst nicht bösartige Volk heimlich so zu reizen, daß es durch die Schroffheit seiner Reaktion in den Augen der Molussier bald als der Kriegsschuldige dastand; und da er den Krieg vom ersten Tage an mit so ungewöhnlicher Vehemenz führen ließ, daß selbst die professionell Kriegslüsternen in Molussien keinen Spaß dabei fanden, waren die Voraussetzungen, die er benötigte, bald erfüllt. Der Krieg, den er nur deshalb begonnen hatte, um die Früchte für dessen Beendigung pflücken zu können, war nach einem halben Jahre bereits emtereif. Kaum hatte Präsident Nos erklärt, daß er «den Feindseligkeiten so rasch wie möglich ein Ende bereiten und nicht nur das eigene Staatsschiff, sondern auch das des Nachbarlandes aus dem Meer von Blut, in das die beiden unseligerweise geraten seien, in die spiegelglatten Buchten des Völkerfriedens zurückmanövrieren» würde, als der Ruhm seiner staatsmännischen Weisheit und seiner Friedfertigkeit seinen Höhepunkt erreichte. Wenn Nos als einziger unter allen Präsidenten Molussiens auf Lebenszeit gewählt worden ist, so hat er diesen ungewöhnlichen Gunstbeweis ausschließlich der bewundernswert raschen Beendigung des zum Zwecke dieser Beendigung vom Zaune gebrochenen Krieges verdankt.

Der Liebestod

Dem Holzdieb Paton, der bereits auf dem, die Stadt Molussien hoch überragenden, Galgenberge gestanden hatte, um sofort gehenkt zu werden, war es im letzten Augenblicke gelungen, zu entspringen und sich durch die Grenzwälder nach Penx durchzuschlagen. Dreißig Jahre waren seit dieser verwegenen

Flucht verflossen, unter einem falschen Namen, den er schon längst nicht mehr als falsch empfand, hatte er es zu Ansehen, Familie und Vermögen gebracht, seine Schläfen hatten bereits begonnen, grau zu werden, als er eines Tages von einem molussischen Agenten erkannt, der Penxer Polizei denunziert und von dieser unter Eskorte nach Molussien zurücküberstellt wurde. So geschah es, daß er, kaum daß er auf diese unerwartete Weise heimgekehrt war, unverzüglich dorthin zurückgeführt wurde, wo er dreißig Jahre zuvor seine letzten Minuten verbracht hatte: also auf den Galgenberg; und daß er sich dort, da seine Exekution gewisse Zurüstungen erforderte, eine volle Stunde gedulden mußte. Aber man glaube nicht, daß ihm diese Stunde lang vorgekommen sei, oder daß er, als er, den Strick über sich und die rötlich in der Abendsonne schimmernde Stadt unter sich, dort herumstand, in Panik ausgebrochen sei. Im Gegenteil. Da er das Dächermeer, das er sich damals als letztes Bild der Welt eingeprägt hatte, von neuem unter sich erblickte, da erfüllte ihn das Glück des Wiedersehens mit solcher Süße, daß die Angst vor seinem Wiedersterbenmüssen keine Kraft mehr über ihn gewinnen konnte. Wenn die Henkersknechte berichten, daß Patons Gesicht, als er nun schließlich hoch über seiner Vaterstadt baumelte, verklärt ausgesehen habe, so dürfen wir ihren Worten vollen Glauben schenken.

Der Blick hinauf

«Mach schon!» riefen sie in die Höhe, wo einige Scharfsichtige – sie wiesen mit ihren Spazierstöcken hinauf – winzig und den neu Dazukommenden erst nach einer Weile erkennbar, auf dem Sims des höchsten Turmfensters etwas entdeckt hatten, etwas Schwarzes, das nichts anderes sein konnte als ein Mensch, der dort hinaufgeklettert war, um von dort hinunterzuspringen –
«mach schon!» riefen sie also, weil dieser Mensch, wie sie einander verächtlich mitteilten, schon seit einer geschlagenen Stunde dort oben herumtrödelte und seinen Entschluß nach dieser geschlagenen Stunde noch immer nicht hatte fassen können –
«mach schon!» riefen sie also, und: «spring schon!» und: «wie lange sollen wir uns denn noch die Beine in den Bauch stehen?» – und allmählich flossen ihre Stimmen zu einem allgemeinen Murmeln zusammen, und dann zu einem allgemeinen ungeduldigen und indignierten Johlen, so als hätte er dadurch, daß er

nun einmal dort oben stand, die Verpflichtung auf sich genommen, das zu tun, worauf sie nun mit offenen Mündern lauerten: also entweder sich fallen zu lassen wie ein Stein, oder ihnen – was sie wahrscheinlich noch lieber gesehen hätten – einen perfekten Kopfsprung durch die Bläue des Mittagshimmels vorzuführen; und so als hätten sie, da sie ja ihm zuliebe hier stehengeblieben waren und ihm zuliebe ihre Geschäfte versäumt hatten, ein Anrecht nicht nur auf dieses Schauspiel, sondern auch darauf, daß er dieses um keinen weiteren Augenblick weiter hinausschob; und so, als wäre, was da tief unter ihm lag, nicht das metaphorische Dächermeer der Stadt, sondern das wirkliche Meer, in das hineinzuspringen und unterzutauchen an diesem heißen Augusttag nur eine beneidenswerte Erfrischung sein konnte.

Ob er, der so unverzeihlich Pflichtvergessene, dem zuliebe so viele sonst Pflichtbewußte dort unten – was ihnen selbst unbegreiflich blieb – ihre Pflichten versäumten, ob er, während er sich da zum letzten Entschluß sammelte und sich dafür so viel Zeit ließ, die Menge, die tief unten, Kopf an Kopf zusammengedrängt, auf ihn lauerte, überhaupt erkennen konnte, ob er deren Lärm überhaupt vernahm, ob er diesen, *wenn* er ihn vernahm, überhaupt auf sich bezog, ob er ahnte, daß es unter denen, die ihre Geduld verloren, weil ihnen das lange Warten zuviel wurde und die deshalb mitjohlten, daß es unter denen auch Bekannte gab und sogar Freunde von ihm, das muß natürlich alles ungewiß bleiben.

Gewiß ist es dagegen, daß ihre Menge von Minute zu Minute anschwoll, und daß es selbst unter den Eingekeilten, die bereits seit einer Stunde warteten, nicht einen einzigen gab, der auf den Gedanken zu kommen schien, das Schauspiel vor dessen Aktschluß zu verlassen, oder der sich gar, um seinen Geschäften doch noch nachzukommen, aus der Menge herauszuboxen versucht hätte. Jedenfalls blieben sie alle so stehen, als wäre dieser Tag ein Feiertag, an dem niemand irgendetwas hätte versäumen können, und starrten in die Höhe; und wahrscheinlich hofften sie dabei nicht nur darauf, daß er nun endlich abspringe, sondern ebensosehr darauf, daß er doch noch nicht abspringe, nein vielleicht sogar niemals abspringe, weil ja nach dem Springen alles wieder beim Alten und todlangweilig sein würde – ein höchst unerfreulicher Zustand, den sie ihm vermutlich jetzt schon genauso übelnahmen wie die Tatsache, daß er noch nicht abgesprungen war.

Erst nachdem das Erwartete eingetreten war, übrigens ohne jede Vorankündigung, so daß viele von ihnen den entscheidenden Moment skandalöserweise versäumten; erst nachdem er, wie ein Sack oder wie ein Stein, sich mehrere Male in der Luft überkugelnd, und das Mauerwerk des Turmes streifend, in die Tiefe gestürzt und aufgeklatscht war, wobei er (den meisten freilich unerkennbar) drei Schaulustige, die von den Nachdrängenden direkt an den Fuß des Turmes geschoben worden waren, miterschlagen hatte; und erst nachdem sie einander versichert hatten, daß es «wahrhaftig höchste Zeit» gewesen sei, erst dann begannen sie langsam auseinanderzutreten, viele von ihnen mit sehr verdrossenem Gesicht, und erst dann begannen sie zuzugeben, daß ihre Geschäfte wahrscheinlich doch weitergingen und vielleicht sogar unterdessen weitergegangen waren.

Die Umdrehung

«Wie es dir nur immer wieder gelingt», lobten zwei seiner Zuhörer den Äsop, «deine Einsichten in die Bildersprache zu übersetzen!»

«Bedaure», antwortete der, «aber euer Lob ist schief, also kann ich es nicht annehmen. Daß ich mit Einsichten beginne, davon kann nämlich keine Rede sein.»

«Sondern? Womit beginnst du sonst?»

«Womit es beginnt?» erwiderte Äsop. «Regelmäßig mit einem Bilde, das zwar verrät, daß es etwas bedeutet, das steht jedem auf der Stirne geschrieben – nie dagegen, jedenfalls niemals sofort, und eben auch mir nicht, *was* es bedeutet. Aus diesem Grunde, weil keines mir sein Geheimnis verrät, mache ich mich dann eben ans Deuten und ans Übersetzen. Also wohlgemerkt nicht daran, eine Einsicht in ein Bild zu übersetzen – das mögen Allegoriker tun – sondern daran, ein Bild in eine Einsicht zu übersetzen. Was du ‹Fabeln› nennst, sind umgedrehte Allegorien.»

Inhaltsverzeichnis

Die Jahreszahlen in Klammern geben das Entstehungsjahr der jeweiligen Fabel an.